ぶらり平蔵

決定版⑤椿の女

吉岡道夫

JN126345

コスミック・時代文庫

本書は二〇〇九年十一月に刊行された「ぶらり平蔵　椿の女」を改訂した「決定版」です。

目次

#「ぶらり平蔵」主な登場人物

神谷平蔵《かみやへいぞう》　旗本千八百石、神谷家の次男。医者にして鐘捲《かねまき》流免許皆伝の剣客。神田新石町弥左衛門店《やざえもんだな》で診療所を開いている。

神谷忠利《ただとし》　平蔵の兄。御使番から目付に登用され、勘定奉行の糾明に奔走。

矢部伝八郎《やべでんぱちろう》　平蔵の剣友。兄の小弥太《こやた》は、北町奉行所隠密廻り同心。

井手甚内《いでじんない》　無外流の遣い手。平蔵らが小網町に開いた剣術道場の道場主。

佐治一竿斎《さじいっかんさい》　平蔵の剣の師。妻のお福《ふく》とともに目黒の碑文谷《ひもんや》に隠宅を構える。

縫《ぬい》　磐根《いわね》藩主の世子・伊之介《いのすけ》の乳人。伊之介を弥左衛門店で育てた。

桑山佐十郎《くわやまさじゅうろう》　磐根藩藩主・左京大夫宗明《さきょうのだいぶむねあき》の側用人。平蔵の若いころからの親友。

波多野文乃《はたのあやの》　磐根藩江戸上屋敷の上女中。桑山佐十郎の姪。

土橋精一郎《どばしせいいちろう》　磐根藩江戸上屋敷詰め近習。

味村武兵衛《あじむらぶへえ》　徒目付《かちめつけ》。心形刀流の遣い手。

おもん　小網町の料理屋「真砂」の女中頭。公儀隠密の黒鍬者《くろくわもの》。

斧田晋吾《おのだしんご》　北町奉行所定町廻り同心。スッポンの異名を持つ探索の腕利き。

本所の常吉《ほんじょのつねきち》　斧田の手下の岡っ引き。下っ引きの留松《とめまつ》を配下に使う。

茂庭十内《もにわじゅうない》　両国広小路の料理茶屋「味楽《みらく》」の主。元七百石の旗本。

渕上洪介《ふちがみこうすけ》　大坂の名医・渕上丹庵《たんあん》の息子。平蔵の長崎留学時代の友人。

稲葉掃部助忠恒《いなばかもんのすけただつね》　禄高三千石の大身旗本。幕府の作事奉行。

須磨《すま》　材木問屋・紀州屋善助《きしゅうやぜんすけ》の内儀。堀江嘉門《ほりえかもん》の妹。

堀江玄次郎《ほりえげんじろう》　海賊・青龍幇《チンロンパン》の頭目。堀江嘉門の弟。

スウミン　海賊・花蓮幇《ホワリエンパン》の頭目の娘。青龍幇に敗れ、玄次郎の妻になる。

庄右衛門《しょうえもん》　本両替町の両替商「駿河屋《するがや》」の主。

第一章　悪　鬼

一

正徳《しょうとく》二年十月十四日。

徳川幕府六代将軍家宣《いえのぶ》が病没した。享年五十一。

将軍在位、わずか四年にもみたなかったが、歴代将軍のなかで家宣ほど、その死を惜しまれた将軍はいない。

家宣は先代綱吉《つなよし》の甥《おい》にあたる。綱吉に男子がなかったためにやむをえず世子の座にすえられ、家督を継ぐことになった人である。

いわば家宣は間にあわせの将軍だったが、側用人《そばようにん》に間部《まなべ》詮房《あきふさ》を、補佐役に新井《あらい》白石《はくせき》を登用し、先代綱吉が残した「生類憐《しょうるいあわ》れみの令」などの悪法や、悪貨鋳造などの負の遺産を清算、腐敗していた幕政改革を断行した名君だった。

翌十五日、家宣の逝去が巷間に伝えられると、江戸市民はこぞって哀悼し、喪に服した。

紅灯《こうとう》の絶えることなしと繁栄をうたわれた吉原遊郭も、さすがにこの夜ばかりは遊客もまばらで、江戸随一の商店街である通町《とおりちょう》の大店《おおだな》も、四つ切り（閉店時刻の午後十時）を待たずに早ばやと大戸をしめてしまった。

五つ（午後八時）ごろには辻番所の灯りだけを残し、市街は深い夜の帳《とばり》にとざされてしまい、ときおり聞こえるのは火の番がたたく夜回りの拍子木の音と、犬の遠吠えぐらいのものになった。


本町三丁目の薬種問屋「肥前屋」に盗賊が侵入したのは、主人はもとより奉公人たちもすっかり寝静まった五つ半（午後九時）すぎであった。

肥前屋の主人利兵衛《りへえ》は四十一歳の働きざかりで、本業の薬種よりも砂糖の商いで売りあげをのばしてきた、やり手の商人であった。

砂糖は貴重品で、オランダから輸入される「出島白《でじまじろ》」か、清国《しんこく》から運ばれる「三盆頂番白《さんぼんちょうばんじろ》」と「氷砂糖」が大半で、ほかに琉球産の黒糖があったが産出量もすくなく、主力の白砂糖はすべて異国からの輸入品だった。

それだけに値段も高く、調味料というよりは高価な嗜好品で、一般には病人の滋養に供せられることが多いことから薬種問屋のあつかいになっていた。

肥前屋は長崎の出身で、長崎奉行所の役人筋や清国の商人たちとも強いつながりがあり、砂糖の入手に困らなかったのを利用し、大奥をはじめ、大名家や大身の旗本、裕福な商人たちを顧客にし、けっこうな利益をあげていたのである。

肥前屋の奉公人は番頭や手代たちは通いで、大戸がしまるとそれぞれの自宅に帰ってしまう。店に寝泊まりしているのは主人夫婦と、十五歳になる息子と十三歳になる娘、それに二人の丁稚《でっち》と三人の女中たちの、合わせて九人だった。

丁稚二人は階段下の四畳半に、女中三人は二階の六畳間に寝ていて、主人夫婦は店の奥の二十畳の部屋に、跡取りの息子は廊下をへだてた八畳間に、そして娘は隣りあわせの六畳間を自室にしていた。

賊は星明かりも見えない闇夜を縫って、いずこからともなく湧きだし、肥前屋の大戸の前に集結した。

人数はざっと十五、六人。頭に黒い目だし頭巾をかぶり、黒の袖なしに股引《ももひき》、脚半《きゃはん》をつけ、黒足袋に草鞋《わらじ》ばきという黒衣の集団だった。いずれも腰に大刀か脇差しを帯びている。

一味の頭目は惣髪《そうはつ》をうしろで束ね、顔はむきだしのままだったが、歌舞伎役者の隈取りのように赤や青の顔料を塗っていた。

「スウミン。煙だしの天窓の場所はわかってるだろうな」

頭目はかたわらの配下の一人によびかけた。

「ああ、この家の図面はちゃんと頭に入ってるよ」

スウミンとよばれた配下は自信たっぷりにうなずいた。

見た目はほかの配下と変わりなかったが、顔に頭目とおなじく彩り鮮やかな隈取りをほどこしている。背丈は四尺六寸（約百四十センチ）あまりしかなかった。

スウミンは肥前屋の大きな屋根を見上げたかと思う間もなく、おどろくべき跳躍力でかるがると庇《ひさし》に飛びうつると、屋根瓦の上をむささびのような身軽さで走り抜け、アッという間に姿を消してしまった。

どこから侵入したのか、スウミンは待つほどもなく大戸の脇の潜り戸を中からあけて仲間を導き入れた。

素早く店の土間に侵入した一味は、用意してきた龕灯《がんどう》（強盗提灯《ぢょうちん》）に灯りをいれた。あらかじめ役割がきめられていたらしく、すぐさま分散し、三人は階段を駆けあがり二階の女中部屋に、二人は階段下の丁稚部屋に押し入った。

階段下の四畳半に侵入した二人の賊は、熟睡していた二人の丁稚を煎餅《せんべい》布団もろとも、脇差しで無造作に胸を刺しつらぬいた。

二階の女中部屋に押し入った三人の賊は、すぐに女中の頭数が一人足りないことに気づいた。

「おい、たしか女中は三人いるはずだぞ」

「空枕がひとつある。どこか空き部屋にでも忍びこんで男といちゃついてるんじゃないか」

「よし、ほかの女中をしめあげて吐かせてみろ」

一人の賊が龕灯の灯りをつきつけた。あとの二人の賊は寝込んでいる女中の布団をはぎとり、背後から抱きすくめ、咽元《のどもと》に刃を突きつけた。

「あっ！」

「いやっ！」

いきなり抱きすくめられた女中は手足をバタつかせて暴れたが、相手が盗賊だと気づいた途端、恐怖に身がすくんでしまった。

「いいか、死にたくなかったらおとなしくしろ」

賊の威嚇には微塵《みじん》の容赦もない冷酷なひびきがあった。

「もう一人女中がいるはずだ。どこにいる」

「し、知りません……」

「下手にかばいだてすると命はないぞ」

「い、いやっ！　こ、ころさないで」

女中はなにを勘ちがいしたのか、賊の腕にしがみつき、むっちりと肥えた太腿をおずおずとひらいた。

「ね、なにしてもいいから、命だけは助けて……」

「ほう。色じかけときたか」

賊はせせら笑うと手をのばして女中の乳房を鷲づかみにした。

「おい。ちょいと可愛がってやるか」

「やめておけ。ラオタアにバレたら殺されるぞ」

「ちっ！」

舌打ちした賊は羽交《はが》い締《じ》めにした女中の咽に切っ先をおしあてた。

「おい。もう一人は布団部屋かどこかで、こっそり男と乳くりあってるんじゃないのか」

「そんな……お春ちゃんは、まだ、そんな年じゃありません」

「けっ、乳くりあうのに年も糞もあるか！　女が夜中に床を離れるとすりゃ、夜這いしかあるまい」

「で、でも、お春ちゃんはまだ十一で、色気づくような年じゃありません」

「ほう、おはるってのか、その女」

「きっと、お春ちゃんは、か、かわやにいったんだと思います」

「厠《かわや》だと……」

「だ、だって、お、お春ちゃんは、その、オシッコが近いから……夜中に何度も厠に通うんです」

「その、厠はどこにある」

「下の、廊下の……奥の、右がわです」

「よし、わかった。ゆっくり眠るがいいぜ」

せせら笑った賊は女中の首に巻きつけていた腕にぐいと力をいれ、鶏でもしめるように無造作にしめあげた。

「ぎぇっ！」

両足を跳ねあげた女中は、しばらくのあいだヒクヒクッと痙攣《けいれん》を繰り返していたが、やがて身じろぎひとつしなくなった。だらりと投げだした両足のあいだから尿がじわりともれ、煎餅布団に湯気が立ちのぼった。

それを見て恐怖にかられたもう一人の女中が悲鳴をあげて逃げようとしたが、呆気なく首の骨をへし折られ、絶命した。

二

このとき、お春は朋輩《ほうばい》が言ったとおり、内厠に入って小用をたしていた。

お春は女中といっても、まだ十一歳。背丈も四尺（百二十センチ）そこそこで、骨もかぼそく、肉づきも薄い、給金なしの見習い奉公の身だった。幼いころから夜尿症がなおらず、寝小便しては布団を濡らし、母に怒られていたので、奉公にあがってても粗相をしてはいけないと思い、床についてもすぐに目がさめ、厠に行く癖がついていたのだ。

今夜も、これが二度目の厠がよいだった。

ようやく尿をしぼりだし、腰をあげかけたとき、二階から咽をしぼるような鋭い女の悲鳴が聞こえてきた。

なんだろう……。

お春は不吉な予感に襲われた。

奉公人が使う内厠の扉は外から中の人間が見えるように裾が一尺あがった高さ半間《げん》の板扉で、中腰になれば外が見える。

お春が腰を浮かしたとき、目の前の廊下を配下を数人したがえた賊の頭目が、ゆうゆうとした足取りで奥に向かうのが見えた。

龕灯を手にした賊の一人が「らおたあ……」と何かささやきかける声がした。

その龕灯に照らしだされた頭目の顔を見て、お春は一瞬息がつまった。

双眸《そうぼう》は赤と黄色の顔料で縁取りされ、額から頬にかけて青と赤の顔料を塗りたくった隈取りがしてある。まるで芝居小屋の絵看板に描かれた毒どくしい悪党面か、絵草紙で見たことのある閻魔大王のような恐ろしげな形相をした男だった。

お春は丸だしの尻を隠すのも忘れ、雪隠《せっちん》にしゃがみこんだまま、生きた心地もなくふるえていた。

盗人《ぬすっと》だ！

お春は、そう直感した。それも、ただのコソ泥ではない。

押し込み強盗だ！

さっきの悲鳴は同輩の女中が放った声にちがいない。

見つかったら殺される！

そう思うと厠を出ようにも出られない。

ど、どうしよう……。

雪隠の金隠しにつかまったまま、お春はどこに隠れようかと必死で考えた。


そのころ、頭目は迷うことなく奥の主人夫婦の寝室に踏みこんでいった。

夫婦は床の間つきの二十畳の部屋に敷いた絹夜具にくるまって眠っていた。

どうやら夫婦は寝る前にまぐわったらしい。ひとつ布団に二人抱きあったまま熟睡していた。

お園は三十三歳、丸髷《まるまげ》の髪はすこし寝くずれていたが、青あおと剃りあげた眉や、うっすらと刷いた寝化粧には大店の内儀《おかみ》らしい品のいい色香がただよっている。

配下の一人が部屋の隅に置かれていた丸行灯に火をいれた。

ほのかな行灯の灯りが、添い寝している夫婦の寝顔を淡く照らしだした。

頭目は腰の大刀を抜きはなつと、熟睡しているお園の頰を刃の腹でヒタヒタとたたいた。

「ううん……」

なにを勘ちがいしたのか、お園は甘やいだ鼻声を発し、寝返りをうつと白い太腿をドタリと利兵衛の腹にのせた。

「な、なんだね……」

おどろいて目をさました利兵衛の夜具を頭目は邪険に蹴りあげた。

「起きろ！」

「あ……」

跳ね起きようとした利兵衛の鼻先に頭目は切っ先をぐいと突きつけた。

夜具をはぎとられたお園が、寝ぼけ眼でかたわらの夫を見た途端、枕元に黒ぐろと立ちはだかっている異形の集団に気づいた。

「あ……」

お園はガタガタふるえながら、利兵衛にしがみついた。寝巻の前がはだけ、くろぐろした股間がむきだしにさらされた。

「おとなしくしてもらおう」

頭目は剣先をお園の股間にぐいとのばした。

「騒げば毛まんじゅうを串刺しにするぞ」

冷ややかな目に射すくめられ、お園はからくり人形のようにガクガクと首をふってうなずいた。

そのとき、廊下から猿ぐつわをかけられ、後ろ手に縛りあげられた息子と娘が四人の賊に引ったてられてきた。

十五歳の息子のほうは懸命にもがきながら抵抗していたが、まだ十三歳の娘はすでに血の気を失い、ぐったりとなっている。

「ああっ……」

お園が目を吊りあげて二人のほうに飛びつこうとしたとき、頭目が足で思うさま肩を蹴りつけた。

「ギャッ！」

お園は両足を跳ねあげ、転倒すると利兵衛にすがりついた。

「お、おまえさま！」

「お園。さわいじゃいけない。ここはおとなしくしていることです」

利兵衛は半狂乱の妻をなだめながら、ふるえる声で頭目に訴えた。

「金なら肥前屋にあるだけのものは残らずさしあげます。だから家内や子供たちに手だしはしないでおくれ」

「いいだろう。命が惜しくばおとなしくしていることだ」

冷笑した頭目は配下をふりむいた。

「どうだ。奉公人どもの始末はすんだか」

「いえ、それが三人いるはずの女中のひとりがどこにも見あたらないんで……厠かも知れないと思ったんですが、そこにもいやがらねぇ」

「なんだと……」

頭目の双眸が、じろりと利兵衛にそそがれた。

「他出している女中でもいるのか」

「い、いいえ……そ、そんな者はおりません」

「だったら、家のどこかに隠れているはずだ。探しだしてこい」

一喝されて、四人の配下が廊下に飛びだしていった。

「さてと、肥前屋……」

視線をもどした頭目は利兵衛を見おろした。

「素直に金蔵の鍵を出してもらおうか」

「は、はい」

利兵衛は観念したように床の間に膝でにじりより、違い棚に置いてあった漆塗りの文箱《ふばこ》をとって蓋《ふた》をあけると鍵を出して頭目に渡した。

「いま、ここの蔵にはいくら金がある」

「番頭がおりませんのでこまかいことはわかりませんが、ざっと四百両ほどはございましょう」

「四百両だ、と……」

「は、はい。なにせ、先月の末に長崎から出島白を大量に買いつけたばかりですから、残りの現銀はそれぐらいのものかと……」

「ふふふ、みえすいた嘘をつくな。肥前屋といえば砂糖成金で聞こえた商人だ。いくら買いつけに金を使ったからといって、手持ちの現金が四百両ぽっちなどとふざけたことをぬかすな」

「い、いえ！　と、とんでもない。商人というものは現銀を遊ばせておくような無駄なことはいたしませんので、はい」

利兵衛は懸命に言い張ったが、狡猾そうな目がちらっちらっと床の間に走るのを頭目は見逃さなかった。

「どうでも嘘をつきとおそうというのか。見上げた根性だな」

冷笑した頭目の剣が一閃した。

剛剣が風を巻いて唸り、太さ三寸はあろうかという床柱が豆腐のようにあっさりと両断された。

掛け軸がバサッと落下し、花台の上に置かれていたみごとな松の盆栽を直撃し、枝がへし折れた。

あまりにも凄まじい太刀風に、利兵衛もお園もふるえあがって抱きあった。

頭目が床柱に手をかけ、ぐいっと二、三度ゆさぶると、床の間の畳が二寸あまりセリあがった。

「おい。この床の間が臭い。畳をはがしてみろ」

頭目が配下を目でしゃくった。

「あ……そ、それは！」

利兵衛が絶望的な悲鳴を発した。

頭目がにらんだとおり、床の間の下は頑丈な石組みに囲われた穴倉になっていて、封印された小判の包みがびっしりと敷きつめられていた。

「やはり、な」

頭目はゆっくりと利兵衛をふりかえった。

「肥前屋。たしか、さっきは商人は金を遊ばせておくようなことはしないと、えらそうなことをほざいたな」

「も、申しわけありません！　ですが、それは肥前屋の命綱です。それがなくなったら、肥前屋はもう……」

その言葉のおわらぬうちに頭目の剛剣が唸りをあげ、利兵衛の首を撥ね斬っていた。血しぶきがシャーッと噴出し、胴離れした利兵衛の頭が、お園の膝の前にごろりところがり落ちた。

「ア、ワワッ……」

魂消《たまぎ》るような悲鳴をしぼりだし、お園が狂ったように廊下に向かってよろめきながら逃れようとしたとき、頭目のかたわらにいたスウミンの手から電光のように短剣が放たれた。

短剣は銀蛇のように飛んで、お園の背中に吸いこまれていった。

三

北町奉行所の定町廻《じょうまちまわ》り同心斧田晋吾《おのだしんご》が辻番所からの急報を受けて肥前屋に出張ってきたのは、翌朝の六つ半（午前七時）ごろであった。

肥前屋の前はすでに物見高い野次馬でひしめきあっていたが、岡っ引きの本所の常吉が手先を指図して追い払っているところだった。

「よお、親分。朝っぱらからてぇへんな騒ぎだな」

「へい。もう馬小屋の蠅《はえ》みてぇに、追っ払っても追っ払ってもキリがありゃしねぇ。なんとかしてもらえませんかね」

「ふふふ、人間てやつはひとの不幸をおもしろがるのよ。いいから、ほっぽっときねぇ」

斧田はそれが癖の巻き舌で軽口をたたきながら、朱房の十手をふところから抜き出し、肥前屋の土間に足を踏みいれた。

「で、ホトケは何人だい」

「へい。二階に女中が二人、下に丁稚が二人、奥の間には肥前屋の夫婦と息子と娘のあわせて四人。そりゃもう、ひでぇもんでさ」

「てぇと、〆《しめ》て八人か。ちっ！　一昨日、上さまがお亡くなりになったばかりだってぇのに、なんてぇことをしやがる。生き残りは一人もいねぇのかい」

「いいえ、それが女中のお春ってぇ十一になる小娘が一人、運よく助かって、朝になるのを待って、裸足で辻番に駆けこんできたんだそうで」

「ほう。よく助かったもんだな。で、どこにいるんだい、そのお春坊は」

「それが、いま湯屋で躰を清めにいってますんで」

「湯屋、に……そりゃまたどういうことだ」

「へへへ、それが、このアマッコ、一晩中、厠の下の肥壺《こえつぼ》に足ふんばって隠れてたそうで、下肥《しもごえ》の臭いが着物から髪の毛までしみついてましてね。もう、くせぇのなんの、そばにいるだけで頭が痛くなる始末で」

「そいつはえれぇ！　てぇしたもんだ」

「へ、へぇ……」

「おめぇも、そのお春坊の爪《つめ》の垢《あか》でも煎じて呑むんだな。真っ暗な厠の奈落の底で、糞の臭いを嗅ぎながら一晩中じっと辛抱してるなんぞ、めったにできるこっちゃねぇぜ」

「へ、たしかに、ね」

斧田はすでに死臭のただよいはじめた廊下を渡り、まず奥の部屋に向かった。

「おい、こりゃ……」

一歩、奥の間に踏みこんだ斧田は思わず立ちすくんでしまった。

惨劇の現場には馴れているはずの斧田も、これだけ凄まじい殺人現場は見たことがなかった。

「この世の地獄、か」

斧田は深ぶかと吐息をもらした。

欄間から床の間、畳、襖《ふすま》にいたるまで、金にあかせて造らせたにちがいない二十畳の部屋は一面、血の海になっていて、足の踏み場もないほどだった。

廊下に面した襖の陰には息子らしい十五、六歳の少年が猿ぐつわをかけられ、後ろ手に縛りあげられたまま肩から胸にかけてズバッと刃で斬り裂かれていた。

そして、その少年に寄り添うように、まだ桃割れ髪の娘が首を撥ね斬られて死んでいる。

高価な絹夜具の裾のほうには内儀らしい丸髷の女の死体が、うつぶせのまま倒れていた。背中を刺されたとみえ、白絹の寝衣は血でドス黒く染まっている。水色の腰巻きがめくれあがり、肉づきも豊かな尻も、太腿もむきだしのままだった。

そして肥前屋の主人の利兵衛は頭が夜具の上にころがり、胴体だけが床の間の近くに突っ伏していた。

斧田は内儀の死体のそばに片膝をつくと、むきだしの太腿を腰巻きで隠してやった。

「こいつらぁ鬼だぜ。人間のするこっちゃねぇ！」

ふだん、めったに感情をあらわにしたことがない斧田の顔に憤怒がみなぎり、まるで鐘馗《しょうき》のような形相になった。

「旦那。ここを見ておくんなさい」

常吉が十手で床の間をしゃくって見せた。

白磨きの杉の床柱《とこばしら》が真っぷたつに断ち切られているばかりか、床の間の畳がこじあけられて、黒ぐろとした穴がぱっくりと口をあけている。

「やつらの目あてはここにあったんじゃねぇですかね」

「ふうむ。石組みの隠し穴か……床の間の下とは、またおかしなところに穴倉を造ったもんだな。で、なかはカラ、か」

「ビタ銭一枚も残ってませんがね。商人《あきんど》がこんな隠し穴を造るからにゃ、よほどの大金が隠してあったとしか思えません」

「よし、番頭はどこだ。呼んでこい」

「それが明石町に家を借りてるってんで、さっき、使いの者を走らせやした」

「ふっ、気楽なもんだぜ。お店《たな》がぶっつぶれかねない瀬戸際だってのによ」

そのとき、廊下から下っ引きの留吉につれられ、たった一人の生き証人の、お春がおびえきったようすでやってきた。

お春は湯屋にいって髪を洗い、だれかに借りたものらしい、小ざっぱりした黄八丈の袷《あわせ》に着替えていた。

お春は廊下から部屋のようすをおずおずとのぞきこんだが、あまりの惨状に顔を両手でおおい、背を向けてしゃがみこんでしまった。

「おい、留吉！　すこしは気を使ったらどうだ。こんなむごい修羅場をちっちゃな娘っ子に見せるやつがあるか」

斧田は急いで廊下に出ると、留吉に一喝《いっかつ》くれてから、

「おお、おめぇがお春坊かい。ゆんべは怖い思いをしたな。よしよし、さ、話はむこうで聞こう」

一転していたわるような眼《まな》ざしをそそぎ、お春の肩をかえるようにして別室につれていった。

首をすくめて見送った留吉が、口をとがらせて毒づいた。

「へっ、旦那ときたら女《あま》っ子にゃめっぽうあめぇんだからな」

「留。なんか言ったか」

ひょいと斧田がふりかえった。

「い、いいえ。旦那は見かけによらず優しいんだなってね」

「けっ！　なにをぬかしやがる。そうは聞こえなかったぜ」

四

「なに、そいつは顔に役者みたいな隈取りをしていたというのか」

「はい。あたし、去年、中村座で成田屋さんの『暫《しばらく》』の絵看板を見たことがあるんです。それよりも、もっと凄く怖い顔で、地獄絵の鬼みたいに見えました」

お春は利発な子らしく、昨夜、厠の前を通りすぎていった盗賊の身なりや人相を思いだしつつ、はきはきと答えた。

成田屋とは江戸歌舞伎の人気役者、二代目市川団十郎のことである。「暫」の鎌倉権五郎は成田屋のお家芸でもあり、二代目の当たり役でもある。

歌舞伎役者は舞台で目立つように派手な隈取りをする。絵看板はほんものより一段とどぎつい色彩をほどこすから、お春には強い印象があったのだろう。

相手を威嚇《いかく》するためということもあるだろうが、万が一、だれかに顔を見られても人相をわからなくする効果も狙って、隈取りをしていたにちがいないと斧田は思った。

「ほかに何か気づいたことはないか」

「さぁ……」

お春はちょっと考えてから、おずおずと、

「そういえば盗人のひとりが、その、おっかない顔した親分に……なにか言ったような気がします」

「ほう、そいつぁ……」

斧田は膝をのりだした。

「どんなことを言ったんだい。思いだしてくんねぇ」

「ら……らおたあ」

「なにぃ……」

「え、ええ。たしか、らおたあ……そう言ったような気がします」

「ふうむ。らおたあ……ねぇ」

「すみません。つまんないこと言って」

「なに、いいんだよ。それにしても、よく一晩中、じっと肥壷に乗っかって我慢していられたな。さぞかし臭かったろうによ」

「いいえ。子供のときはしょっちゅう下肥《しもごえ》を桶に汲みとっていましたから」

　お春はちょっと恥ずかしそうに頬を赤らめた。

「だって、おとっつぁんなんか、下肥がよくできてるかどうか、指ですくって味をみるんですよ」

「ほう。肥の味を、ねぇ」

「あのう。……あたし、これからどうなるんですか」

「ん？　ああ、おまえの奉公先なら、おれがちゃんと面倒みてやるから心配することたぁねぇよ」

「よかった」

　お春はなにより、そのことが気がかりだったとみえ、ホッとしたような笑顔を見せた。

　お春といれかわりに番頭がようやく顔を見せた。

「お手間をおかけして申しわけございません。まさか、お店がこんなことになっているとは思いもよりませんで、はい」

　さすがに番頭は青ざめた顔で、生きた心地もないようすだった。

「床の間の穴倉は見たかい」

「はい。こんなこともあろうかと思い、旦那さまともご相談のうえ、あそこなら盗人に入られても見つかることはあるまいと安心していたんですが」

「てぇことは、あの穴倉には肥前屋の隠し金が入れてあったんだな」

「は、はい。たしか、わたくしが知っているかぎりでも千五百両はあったはずでございます」

「裏の金蔵にはいくらあったんだ」

「はい。小銭は別にしましても四百両ちょっとはございました」

「そいつも、そっくりかっさらっていきやがったのか」

「は、はい。分銀《ぶぎん》や文銭《もんせん》は手つかずに残していきましたが、金貨は根こそぎ奪われてしまいました」

「ふうむ。〆て千九百両、か……」

千九百両といえば八人の人間を殺しても奪いたくなる大金ではある。

とはいえ、金だけ奪っていったというのならともかく、まだ年端もいかない子供や娘の命まで奪った凶賊の仕打ちが斧田には許せなかった。

「ちくしょうめが！」

斧田の脳裏には首を斬られて死んでいた桃割れ髪の娘や、女中たちのむごたらしい死にざまがこびりついている。

「三人とも、これから嫁にいって、花も咲かせりゃ、実もつけようって年なのによ」

斧田は思わずたたきつけるような激しい口調になった。

「くそっ！　やつらを一人残らず、雁首そろえて獄門柱にさらしてやらなきゃ、腹の虫がおさまらねぇ！」

ただひとつの救いは、十一歳のお春が無事だったことだ。

「下肥にも味がある、か……」

素朴な土の臭いのする、お春の赤いほっぺを思いうかべ、険しかった斧田の顔にふっとやわらぎがもどった。

第二章　遺《い》　恨《こん》

一

朝からしんしんと底冷えのする真冬日であった。

その日、神谷《かみや》平蔵《へいぞう》は八つ半（午後三時）ごろ、磐根《いわね》藩邸《はんてい》を訪ねた。

若いころからの親友でもあり、藩主の側用人《そばようにん》をつとめる桑山佐十郎の役宅に招かれたからである。

半月前の十一月二日に六代将軍家宣《いえのぶ》の葬儀が盛大におこなわれ、磐根藩主の左京大夫宗明《さきょうのだいぶむねあき》も参列した。桑山佐十郎も主君とともに出府し、忙しい日々を送っていたが、ようやく落ち着いたところで、平蔵を役宅に招き、先だって藩内紛の解決に尽力してくれた労を謝したのである。

前将軍の喪中という遠慮もあって品数は多くはなかったが、奥女中の文乃《あやの》の心づくしの献立がつぎつぎにだされた。

いまが旬の寒鰤《かんぶり》の焼き物、海鼠《なまこ》の酢の物、鮭の氷頭鱠《ひずなます》、蕪菁《かぶら》と湯葉の蒸し椀など、独り暮らしの平蔵がめったに口にしない酒肴《しゅこう》ばかりであった。

ことに鮭の氷頭鱠は平蔵の好物で、頭部の軟骨のコリコリした歯ごたえがなんともいえずうまい。北国の珍味だった。

まず一献にはじまり、ひとしきり話がはずんだあと、ひさしぶりに一局やるかということになったが、中盤にさしかかったところで佐十郎が大長考に入った。

半刻ほどまえから降りだした氷雨《ひさめ》の、生け垣の樫の葉をたたく音がこやみなく障子越しに聞こえてくる。

「おい、下手の考えやすむに似たりというぞ。いい加減に観念したらどうだ」

手桶の炭火に掌をかざしながら平蔵がからかったが、佐十郎は盤面に半身をのりだしたまま身じろぎもしない。

目が一つしかない佐十郎の黒の大石が、活路をもとめてのたうちまわっている。目が二つできなければ黒は頓死するしかないが、もし活きれば、逆に白が地合いで窮地に立つ。勝敗を左右する鍔《つば》ぜりあいの局面だった。

襖《ふすま》をあけて文乃が燗《かん》をつけた徳利をもって入ってきた。

「おや、まぁ、ご熱心ですこと……」

文乃は裾をさばいて座ると、膝をおしすすめ、「酒《ささ》が冷めぬうちにどうぞ」と平蔵に酌をした。腕をのばした文乃の袖口から、ほのかな女の匂いがこぼれて平蔵の鼻孔をくすぐった。

文乃は磐根藩で十五石の禄《ろく》を食む波多野静馬《はたのしずま》の妹で、佐十郎の姪《めい》にあたる。佐十郎の信頼厚く、江戸藩邸の役宅における身のまわりの世話と奥向きの一切をまかされていた。

武家の娘らしく居ずまいはきりっとしているが、ときおり独り暮らしの平蔵の長屋を訪れては飯の支度もしてくれる気さくさも持ちあわせている。

「ずいぶんむずかしい顔をしていらっしゃいますのね」

文乃が首をのばして盤面に目をやった。

「なに、勝負はとうについているんだが、佐十郎は往生際が悪くてな。なんとかならんかと悪あがきしておるところよ」

「ま、お口の悪い」

文乃が目を笑わせたとき、佐十郎がむくりとからだを起こし、碁笥《ごけ》（碁石の器《うつわ》）から黒石をつまむなり勢いよく盤面に打ちおろした。

「どうだ、これは」

「……ん？」

「まさに死中に活あり、天啓《てんけい》の妙手だろう」

「……ん？」

平蔵、盤面に身をのりだし、絶句した。

「おい、これは……」

「ふふふ、その大石が活きれば黒が断然優勢だろう」

「ふううん……」

まじまじと盤上を見渡し、平蔵は唸った。

「いかん、そんな手があったとはな。……いや、まいった、まいった」

平蔵、いさぎよく投了した。

「おい。しばらく打たないうちに、ずいぶん手をあげたじゃないか」

「なにせ謹慎中はほかにすることもないからの。みっちり本因坊の棋譜を並べて勉強したのよ」

どうだ、と言わんばかりに佐十郎は鼻をうごめかした。

桑山佐十郎と平蔵は若いころ、磐根城下の紅灯《こうとう》の巷《ちまた》を飲み歩いた仲である。

佐十郎は、先頃、磐根藩の世子をめぐる内紛にかかわり謹慎を命じられた。

その内紛の首謀者が刺客にやとった戌井《いぬい》又市《またいち》という剣鬼は、平蔵の剣の師である佐治《さじ》一竿斎《いっかんさい》に恨みをいだく男でもあった。

一竿斎から秘伝「霞《かすみ》の太刀」を授けられた平蔵は、いそいで磐根にくだり、戌井又市を斬り倒し、ひと月ほど前に江戸にもどったのである。

内紛の首謀者だった次席家老と、回船問屋、それに藩主を惑わせていた側室の三人は、戌井又市の凶刃によって殺害され、藩の内紛もようやく決着した。

桑山佐十郎の謹慎も解かれて元の側用人の座に返り咲き、藩主とともに出府してきたのである。

「ははぁ、こっちが修羅場をくぐっていたあいだに、側用人どのは碁石をにぎって暇をつぶしていたわけか」

「おい、負けたからといって嫌味を言うな。腹のなかでは、きさまに深謝しておるのだ」

「そうは見えんがね」

「こいつ……」

「それにしても宗明《むねあき》さまはおなごに手が早いな。これまでお手がついた女は片手じゃ足りんだろう」

「おい、口をつつしめ。口を」

「ま、君主などというのは種馬みたいなものだから、せいぜい子づくりにはげまれるのは結構だが、そのたびにポロポロと火種を落とされては佐十郎も火消しに困るよな」

「おい、馬糞《まぐそ》じゃあるまいし、ポロポロはなかろうが、ポロポロは」

ふたりとも酒が入っているせいか口が軽くなっている。

文乃が口に袖をあて、笑いをこらえていた。

「佐十郎もすこしは殿にみならったらどうだね。いずれは藩政をになう側用人どのが三十をすぎて、いまだに無妻では家中《かちゅう》にもしめしがつくまい。それに、そろそろ跡継ぎをつくっておかんと桑山家もまずかろう」

「ま、おれのことはいい。そのうち手ごろなのを見つけて、じゃかすか子を産ませてやるさ」

「どうだかね。だいたい、佐十郎は若いころから女には奥手だったからな」

「おれのことより、きさまこそ、そろそろ身をかためたらどうなんだ。ん？……

三十男が火吹き竹片手に飯炊きしたり、ふんどし洗ったりという図柄はみじめったらしくていかん」

「ばか言え。おれみたいな貧乏医者の嫁になろうという物好きな女がそうそういるもんか」

「そうでもなかろうが。藩の出稽古料だけでも月に六両にはなる。それに本業の医業のほうからも、いくばくかの実入りがあるだろう。下手な直参《じきさん》より暮らし向きはずんといいはずだぞ。なぁ、文乃」

「ええ。わたくしの実家などは五人暮らしで食禄は十五石、月の費《つい》えは一両にも満たないでしょう」

「ほら、みろ。きさまの貧乏など言いわけにもならん」

「待て待て。そうは言うが、町家住まいは家賃がかかるし、江戸は磐根とはくらべもんにならんほど万事に諸式が高い。それに磐根藩邸からもらう出稽古料の半金は道場の不時の用意の蓄えにさしだしているんだぞ」

「それでも半金の三両は月づき、ふところに入るはずだ。それで食うに困るとは言わせんぞ」

こう理詰めでこられると、平蔵、ぐうの音もでない。

平蔵は神田新石町《しんこくちょう》の長屋弥左衛門店《やざえもんだな》で町医者を開業するかたわら、剣友の矢部伝八郎、井手甚内《じんない》と共同で出資して小網町に道場をひらいたものの、門弟がなかなか集まらず弱っていたところ、佐十郎の肝煎《きもい》りもあって三人が交替で磐根藩邸に出稽古に通うようになった。

その出稽古料が月十八両、三人でわけると一人六両になる。佐十郎が言っているのはそのことだった。

「な、つまり、きさまは独り暮らしの気楽さを手放したくないだけのことよ。どうだ、図星だろう」

「ちっ！　いつの間にか話をすりかえやがったな」

「はっはっは」

佐十郎は気楽に笑い飛ばしたが、平蔵に言わせると、そう気楽な身とは言い切れないところがある。

いまは道場の命綱になっている磐根藩邸への出稽古も、いつまでつづくか当てにならない。げんに佐十郎が謹慎になった途端、江戸家老の差し金で出稽古はあっさり中断された。

佐十郎の謹慎が解けて出稽古はすぐに復活したが、藩の政情によっては、今後もどうなるか知れたものではない。

が、そんなことを藩政の中枢にいる当の佐十郎には言いにくかった。

二

その夜、平蔵は五つ（八時）ごろ、藍染め問屋の阿波屋に嫁いでいる従妹《いとこ》の絹に用があるという文乃といっしょに磐根藩邸を出た。

阿波屋は平蔵が暮らしている新石町とは目と鼻の先の本銀町《ほんしろがねちょう》にある。

桑山家の下男の作造が供をし、提灯でふたりの足元を照らし、ひたひたと草鞋《わらじ》を踏んで先に立った。

降りつづく雨で道がぬかるみ、ほのじろく光って見える。

平蔵と文乃は傘をさし、ぬかるみを避けながら作造のあとをついていった。

平蔵は草履《ぞうり》ばきだったが、文乃は足袋が濡れない用心に下駄をはいていた。

濃紺の袷に笹をあしらった繻子《しゅす》の帯をしめていたが、濃紺の着物が色白の文乃に品のよい色気をかもしだしていた。

「ところで……結《ゆう》は阿波屋で粗相なくはたらいておるかの」

結というのは両親を亡くし、祖母と弟の面倒をみるため十七歳で居酒屋づとめをしていた健気《けなげ》な娘だった。結から祖母の往診を頼まれた平蔵が、文乃に頼んで阿波屋の通い女中として雇ってもらったのである。

「ご案じなさいますな。機転もきくし、骨惜しみをせず、よくはたらく子だと、阿波屋でも可愛がられているそうですから」

「それはよかった。あの子も通い女中なら祖母や弟の世話もできるゆえよろこんでおろう」

もっともらしくうなずいてみせたが、なに、格別、結のことが気になっていたわけではない。文乃と傘を並べたまま、黙って歩いているのが妙に息ぐるしくなっただけのことだ。

濠端は向かい風が強く、雨が吹きつけてくる。それを避けるように作造は神田橋御門前を左折し、三河町の角を右折し、新石町のほうに向かった。

このあたりは旗本屋敷が多く、商店もとうに大戸をおろしていて森閑と寝静まっている。文乃の下駄の歯音が平蔵に寄り添うようにつつましくひびく。

「そうそう、その結のことで思いだしたが、じつは面倒なことを頼まれて弱っておるのだ」

「面倒なことと申されますと……」

文乃が小首をかしげ、すくいあげるように平蔵を見あげた。

「いや、たいした用件ではないがの。大坂にいる友人が江戸に出てくるゆえ、貸家を一軒と、飯炊きの女中をひとり雇っておいてくれと頼んできおったのだ」

「貸家はともかく、飯炊きの女中をおもとめというと、お独り身なのですね」

「ああ、なにせ親がかりの道楽息子でな。表向きは江戸留学だが、なに、留学というよりは遊学の口だな」

「ま……お口の悪い」

「いやいや、そやつは道楽者を絵にかいたような男でな。おれが若いころ留学していた長崎で知り合うた渕上洪介《ふちがみこうすけ》という男なんだが、大坂でも指折りの医者の一人息子で、小遣いには不自由したことがないもんだから、長崎でも学問そっちのけで夜ごとに遊び歩いておったようなやつよ」

「その夜遊びのお仲間は神谷さま……でしょ」

文乃がくすっと笑った。

「ん？」

「よろしゅうございます。絹に頼んでおけば、お住まいも女中もすぐに見つかりましょう」

「そうか。また厄介をかけるが、どうもそういうことは苦手でな」

「女中はやはり若いおなごのほうが気がおけなくて、使いやすいでしょうね」

「いかん、いかん！　あやつに若いおなごなどもってのほかだ。婆さんがいい、婆さんが」

「それはまた、どういう……年寄りはどうしても骨惜しみいたしますし、何かにつけて口うるさいものですよ」

「ん、うん。なに、あやつにはそれくらいでちょうどいい。根はいい男なんだが、その、つまり、おなごに目がないという男でな」

「ま……」

文乃がくすっと笑った。

「では、殿とおなじ……ポロポロ、と」

「おお、それよ、その馬糞《まぐそ》の口。なにせ生涯千人斬りが悲願だなどとほざくような不埒者《ふらちもの》だからな」

「千人斬り……」

一瞬、目をしばたたいた文乃が、すぐに吹きだした。

「おもしろそうな、お方ですこと」

「おもしろい？」

「ええ。兄のような堅いばかりで、なにが楽しくて生きているのかわからないようなひとより、そういうお方のほうが楽しゅうございますもの」

「ははぁ、兄者はよほどの堅物らしいな」

苦笑しかけた平蔵の目に突如、緊張が走った。

降りしきる雨幕を突き破り、凄まじい殺気がふくれあがってきたのである。

とっさに平蔵は文乃を抱きすくめ、路上にころがった。

闇のなかから飛来した短剣が作造の手にした提灯を切り裂いた。

作造は目の前の酒問屋の天水桶の陰に這いこんで難をのがれたが、投げだした提灯に火がついて、めらめらと燃えあがった。

「神谷さまっ!?」

文乃の緊迫した声を背に、平蔵は片膝ついて腰のソボロ助広を抜きはなつと、肥前忠吉の脇差しを鞘《さや》ごと文乃に渡した。

「おれのそばを離れてはならん！　よいなっ」

「はいっ」

文乃の凜《りん》とした声がかえってきた。

降りしきる雨幕を破って怪鳥のような黒い集団が殺到してきた。

先頭の黒影が刃をふりかぶって躍りこんできた。平蔵は片膝をついたまま抜きあげるように下段から胴を斬りはらった。ずんと腕にひびく重い手ごたえがして血しぶきが降りそそいだ。

どさっと砂袋を投げだしたような音をたて、男が路上にたたきつけられた。

つぎの黒影は平蔵がくりだした刃をかわし、軽がると頭上を跳び越えるとふわりと路上におりたった。おそろしく敏捷《びんしょう》な動きだ。いずれも目だし頭巾に黒衣をまとった異形の集団だ。

平蔵は躰を捻転《ねんてん》させると剣先をいっぱいにのばし、男の咽笛を横に鋭く薙ぎはらった。びゅっと噴血をほとばしらせ、男はつんのめるようにぬかるみに突っ伏した。

その隙に突進してきた曲者が文乃に襲いかかるのが見えた。

しまったと思ったが、文乃は臆することなく立ち向かい、平蔵が渡した肥前忠吉の脇差しで敵の刃をはらいのけざま、みごとな抜き胴で敵を仕留めた。

その間に平蔵の前に一味の頭目らしい屈強な黒影が立ちふさがった。

身の丈六尺近い巨漢だ。惣髪の下の双眸が悪鬼のように吊りあがり、異様な光をたたえていた。

「きさま、いったい何者だっ。遺恨あってのことかっ」

男は無言のまま剣を上段にかまえて突進してきた。刃風《じんぷう》が唸りをあげて平蔵に襲いかかった。身をかわす暇はなく、平蔵は鍔元で男の剛剣を受けとめた。

刃の鎬《しのぎ》と鎬がガキッと咬《か》みあい、鉄の焦げる臭いとともに火花が散った。

平蔵は男の剛剣を鍔元でひねって押しかえしざま、肩口に袈裟《けさ》斬りの一刀をあびせた。剣先が男の肩に咬みついたが、男は屈することもなく手もとに躍りこんできた。身をよじってかわしたが、すれちがいざまの横薙ぎの切っ先が平蔵の右の脇腹をかすめ、袖口を斬り裂かれた。ぬるりとしたものが脇腹を濡らした。

これまで遭遇した相手とは、剣法も足さばきもまるでちがう。容易ならざる敵であることはまちがいなかった。

平蔵はソボロ助広の切っ先を右下段にかまえ、じりじりと左に足を運んだ。得意の左からの逆袈裟で仕留めるつもりだが、はずされれば一転して窮地に立つ覚悟がいる。

男は剣を青眼にかまえ、平蔵の動きにあわせ左にまわりこもうとしていた。六尺の長身が細く見え、刀身の陰に溶けこむかのようだ。

男の背後に手下の黒い影が隙をうかがい、うごめいている。

平蔵はじりっと剣先をあげ、爪先で間合いをつめた。先手をとるためだ。

なんとしても文乃だけは守らなければならない。しかも敵は眼前の男だけではなく、何人いるかわからない。

対峙が長びけば平蔵のほうが不利になるのは目に見えていた。

一気に勝負をつけようと平蔵が足を踏みかえたとき、男は両の肘《ひじ》をぐいっと引きしぼった。

来る！

転瞬、男は獣のような奇声を発し、殺到してきた。

平蔵は頭上にふりおろされてきた剛剣を撥《は》ねあげると、逆袈裟の一刀をおくりこみ、矢のようにすれちがった。左の二の腕に刺すような痛みが走った。撥ねあげたつもりだったが男の剣尖が平蔵の腕に咬みついたらしい。

数間《けん》の距離をおいて白く凍てついた男の息づかいが見えた。男は右腕をだらりとさげ、左手一本で刀をもっていた。息づかいが荒い。どうやら平蔵の逆袈裟の一閃が男の右腕を殺《そ》いだらしい。

いまだ！

猛然と突進しかけたとき、男の背後から闇を縫ってキラリと銀蛇のような光が飛来してきた。とっさに払い落としたが、間髪を置かず飛来した二匹目の銀蛇はかわしきれず、右の腿に殴られたような衝撃を感じ、がくんと膝を落としかけた。

態勢をたてなおし、剣を青眼にかまえ、敵の出方を待った。

そのとき鋭い呼子笛が鳴りひびき、前方から御用提灯の灯がいくつか駆けてくるのが見えた。

「退《ひ》けっ！　ひけっ！」

首領の合図がほとばしり、黒衣の集団はましらのように雨幕のなかに溶けこんでいった。

「神谷さまっ」

文乃が飛びついてきた。

平蔵は左手で文乃を受けとめ、ひしと抱きかかえた。

御用提灯が二人を照らしだした。

「お、神谷さん……」

駆けつけてきたのは顔見知りの北町奉行所の定町廻り同心斧田晋吾《おのだしんご》だった。

岡っ引きの本所の常吉《つねきち》と、下っ引きの留松《とめまつ》の顔もあった。

三

斧田は、先月本町三丁目の薬種問屋「肥前屋」に押し込み、八人の家人を殺した凶賊を探索中に、平蔵たちの斬撃に遭遇したということだった。

文乃は作造を屋敷に帰したが、自分は平蔵の手当てを見届けるまでは帰らないと言ってきかなかった。

平蔵は文乃と留松の肩を借りて新石町の長屋にもどると、留松に頼んで深川に走らせた。

深川には平蔵の亡き養父の親友で瀬川道玄という医者がいる。

本道《ほんどう》（内科）の診断もたしかだが、外料《がいりよう》（外科）の治療には卓越した技量をもつ名医として知られている。

平蔵がうけた手傷は右の脇腹と、左の二の腕をかすめた刀傷、それに右の太腿《ふともも》をえぐりとった短剣の傷の三ヵ所で、太腿の傷がもっとも深手だった。

平蔵は治療室の板の間に油紙を敷きつめ、血と泥と雨水を吸った着衣とふんどしを脱ぎ捨て、裸になった。

文乃の手を借りて、とりあえず焼酎《しょうちゅう》で洗いおえた傷口に晒《さら》しの布を幾重にも巻きつけ、血止めをした。噴きだす血潮で晒しの布はたちまち赤く染まる。

隣の源助夫婦におときやおきんなどの長屋の女房たちも寝ぼけ眼で起きだしてきたが、血だらけの平蔵を見て青くなった。

おきんなど「せんせい、死んじゃだめだよ」と泣きだす始末だ。

産み月が近いおよしは腹ぼての躰で、「いま、せんせいになにかあったら、あたしゃ赤子を産めなくなっちゃうじゃないの」と気が気じゃないようすだった。

文乃は臨月近いおよしに「お腹《なか》のお子にさわりましょう。あとのことはわたくしにおまかせくださいまし」と、きびきびした口調で家に帰し、おきんには釜に湯を沸かしてくれるよう頼んだ。

湯が沸くのを待つあいだに文乃は奥の六畳間に布団を敷き、平蔵に洗いざらしの下帯をつけさせ、浴衣を着せると、肩を貸して平蔵を布団に寝かせた。

おきんが盥《たらい》に湯を汲んで運んでくると、文乃は湯でしぼった手ぬぐいで平蔵の躰を何度も丹念にぬぐい清めた。

黙もくと平蔵の躰をぬぐい清めている文乃の顔は、もう何年も平蔵と暮らしてきた女のように見えた。

平蔵は深いやすらぎに浸されるのを感じた。

やがて瀬川道玄が深夜にもかかわらず駕籠を飛ばして駆けつけてきてくれた。

「おお、応急の手当てはすまされたようだの。思うたより傷口はきれいじゃ。これなら傷が癒えるのも早かろう」

一目診て道玄は愁眉をひらいた。

「腕と脇腹の傷はいずれも浅い。太腿の傷も十日もあれば癒えよう」

道玄は薬箱から黒い丸薬を三粒とりだして平蔵にあたえた。

「これを舌下にふくんで溶かすとよい。しばらくすると心気がやすまり、痛みがやわらいでくる。長崎から取り寄せたものじゃが、外料の治療には卓効がある」

そういうと道玄は焦げ茶色の板状の膏薬をとりだし、行灯の炎であたためて柔らかくすると、布に塗りつけ傷口にあてがい、しっかりと晒しで巻きつけた。

丸薬が効いてきたらしく、治療がおわるころには平蔵はたえがたいほどの睡魔に襲われてきた。

道玄は手を洗いながら文乃に言い聞かせた。

「よろしいかな、ご妻女。太腿の傷が癒えるまでは足を動かさぬことが肝要じゃ。さよう、まずは十日のあいだはできるだけ動かさず寝かせておきなされ。病いも傷も、養生は看病ひとつにかかっておると言うても過言ではない。頼みましたぞ」

「は、はい」

文乃が神妙に答えている声を聞きながら、
道玄先生、文乃どのをおれが妻《さい》だと勘ちがいなされているらしいな……。

そんなことを頭の片隅で考えているうちに、平蔵はいつしか深い眠りに落ちていった。


翌朝、平蔵は咽《のど》の渇きをおぼえて目がさめた。

道玄の治療がよかったらしく、傷の痛みは薄らいでいる。

雨はあがったらしいが、外はまだ薄闇につつまれていた。

行灯のほのかな灯りを背に、文乃が膝にきちんと両手をそろえ、正座したままでまどろんでいた。

壁ぎわの衣紋掛けに、文乃の着物や帯がかけてある。昨夜、雨をどっぷりと吸ったらしく、まだ乾いていなかった。

文乃は、平蔵が普段着にしている木綿絣《がすり》の袷《あわせ》を着ていたが、裄《ゆき》も、丈《たけ》も、身幅もあっていない。帯も平蔵の使い古しの角帯だし、足袋も平蔵のもので爪先があまっている。ちぐはぐな着せ替え人形のようだった。

昨夜、曲者を斬り伏せた文乃とは別人のようにあどけない寝顔だった。

化粧を落とした素顔がなんとも清《すが》すがしい。

平蔵は静かに右腕をのばすと、膝の上においた文乃の掌にふれた。

ふっくらと厚みのある掌はすっかり冷えきっている。ふいに、いとおしさがこみあげ、ひんやりした文乃の手を掌でつつみこんだ。

「あ……」

目覚めた文乃は反射的に手を引こうとしたが、そのままふわりとくずれるように平蔵の胸に頬をうずめてきた。

髪油の香料の匂いがむせかえるようにただよい、平蔵の血潮をあらあらしく高ぶらせた。薄い布団をとおして文乃の胸の動悸がつたわってくる。

平蔵は右の腕《かいな》を文乃の背にまわし、ひしと抱きしめた。脇腹の傷がチクリと刺すように疼いたが、それがかえって平蔵の情念を高ぶらせた。

「文乃どの……」

「は……はい」

文乃は息をつめ、まじまじと見かえした。

「思わぬ迷惑をかけてしもうた。おれは、おれという男は……」

文乃はためらいがちに双腕《もろうで》を平蔵のうなじにまわすと、ひしと平蔵にすがりついてきた。

「なにも、おっしゃらないでくださいまし……」

文乃はとぎれとぎれにささやいた。

「おからだに……さわりませぬか」

「なに、おかしなものでな。こんな刀傷よりも、道場で木刀に打たれたときのほうが、あとあとまでこたえる」

「ま……」

黒ぐろとした文乃の双眸に安堵の色がひろがった。

「神谷さまに……もしものことがあったら、と……わたくし」

文乃の躰がこきざみにわなないていた。すりよせてきた頬が冷えきっている。

愛《いと》しさが唐突に突きあげてきた。

「文乃どの……」

抱きしめると、文乃はやわらかに身をゆだねてきた。

冷えきっていた頬が火のように熱をもってきた。木綿絣の袖がまくれ、むきだしになった文乃のなめらかな腕《かいな》を、平蔵は慈《いつく》しむように掌で撫ぜあげた。

鬢《びん》のほつれ毛が平蔵のうなじを、頬をなぶった。

かすかにおののいている文乃の肩に右腕をまわし、平蔵は身をよじって文乃をかきいだいた。腰を横にひねって仰臥した文乃の睫毛《まつげ》がふるえていた。

熱い吐息をもらし、唇がかすかにひらきかけていた。おおいかぶさるように顔をかさね、唇をあわせた。文乃は懸命にしがみついてきた。

唇を吸い、歯を割って舌を吸いあげた。襟をかきわけて胸をさぐった。

文乃の肌は絹のようになめらかで、掌に吸いついてきた。

ふっくりした乳房をさぐりあてたとき、文乃の全身が鋭く痙攣《けいれん》した。

文乃の乳房はおおきくはなかったが、指をはねかえすような弾力があった。

つんと尖った乳首にふれると、文乃はぶるっと躰をふるわせた。

平蔵の傷が悲鳴をあげ、疼痛が全身を駆けめぐったが、荒ぶる情念はおさえきれなかった。平蔵の掌が文乃の腰のまろみをなぞった。

ごわごわした木綿絣につつまれている文乃の臀《しり》は、おどろくほど豊かな肉にみちていた。絣の裾をひらいて、みしっと張りのある太腿をなぞった。

はちきれそうな臀のまろみを愛撫しつつ、和毛《にこげ》におおわれたちいさな丘のふくらみにたどりついた。文乃の息遣いが、ふいにせわしくなった。

やがて、文乃は双の腿をおずおずとひらき、息をつめて平蔵を迎えいれた。

四

緩《ゆる》やかな律動で始まった営みは、やがて、たがいをむさぼりあうような激しいものに変わった。

昨夜、命がけの斬撃をくぐりぬけてきた平蔵の荒ぶる血が体内を奔流し、猛々しい雄《おす》の本能を呼びさましたかのようだった。それをうけとめる文乃も、女体を鞭《むち》のように撓《しな》わせ、幾度となく悦楽の声を放った。

それは文乃の女体の奥に深く埋もれていた渇望が満たされ、歓喜となって噴きあげたもののようであった。

たがいの躰をつなぎあったとき、文乃はかすかなおののきを見せたが、破瓜《はか》の痛みをしめすことはなかった。それればかりか文乃は営みがもたらす女体のどよめきを全身であらわした。そのことが平蔵のこころの奥底に残っていた、かすかなためらいを払拭してくれた。

平蔵は若いころから無頼をかさねてきた。この長屋で独り住まいをするようになってからも、何人かの女と深い交わりをもってきた。

いまは磐根藩の世子伊之介《いのすけ》ぎみの乳人《ちのひと》になっている縫《ぬい》、そして公儀黒鍬組《くろくわぐみ》に属する女忍のおもん、さらには表通りに店をかまえる小間物商「井筒屋」の後家お品、いずれも忘れられない女だった。

もし、文乃にとって平蔵が初めての男だとしたら、おそらく平蔵は営みの快楽《けらく》に没入することはできなかったにちがいない。

男と女が愛欲の深みに落ちるのは、ひそかにかかえている空虚を満たすためである。煩悩はひとが生き物であるかぎり逃れようのない本能である。ともにもとめあってこそ空虚は満たされる。

文乃はためらいなく平蔵をうけいれ、おのれを満たしつつあるものを確かめるかのように平蔵の肩にすがりついては、細腰を鞭《むち》のようにしなわせた。

むさぼるように唇を吸い、白い咽をそらせて平蔵の律動に全身でこたえた。

やがて文乃が歓びのいただきに達したことを告げる、鋭くちいさな叫び声を発したとき、平蔵の背筋を痺れるような快楽がつらぬいていった。

しばらくのあいだ、文乃の躰は微妙にふるえつづけ、平蔵にすがりついたまま快美の余韻に浸っていた。

　いつしか、しらじら明けの薄明が訪れようとしていた。

　平蔵はやわらかに溶けた文乃の裸身をさぐり、愛撫した。

　胸をさぐると弾力にみちみちて盛りあがる乳房があり、なだらかに起伏する腹のくぼみの裾野には和毛《にこげ》につつまれた秘奥《ひおう》の丘があった。手指に吸いつくような腿の肉は熱を帯びて汗ばんでいた。

　息遣いが静まるのを待って文乃がささやいた。

「傷は……痛みませぬか」

　平蔵は笑いながら文乃の腰をぐいと引きよせた。

「なんなら、いま一度ためしてみるか」

「もう……」

　文乃は羞じらうような目になり、平蔵の厚い胸板を愛撫しながら何事か思念しているようだった。

「どうした。なにか言いたいことでもあるのか」

「神谷さま……」

「うむ」

「わたくし、十八のときに親がきめた相手のもとに嫁いだことがございます」

「………」

平蔵は無言のまま、うながすように文乃を見た。

「夫は穏やかなおひとでしたが、姑《はは》は赤子《やや》が生まれるのをひたすら望んでおりましたから、半年すぎ、一年すぎても子が生まれる兆《きざし》がないことで、わたくしを責めました。もしやして石女《うまずめ》ではないかと疑念をいだかれていたのでしょう」

「武家にはよくあることだ。嫁は子を産ませるためにもらうものだと思うているひとが多いからな」

「毎日が針の筵《むしろ》にいるような心地でしたが、夫は姑にはなにひとつ逆らえないおひとでしたし、舅《ちち》もわたくしをかばってはくれませんでした」

文乃は淡々とことばをつないでいたが、胸の底に深い傷跡がきざまれているのだろう。睫毛がかすかにふるえていた。

そんな文乃の躰を平蔵は強く抱きよせた。

「もうよい。よせ……」

「いえ、聞いてくださいまし……」

文乃はなにかを吐きだしたいのだろう。なおもことばをつないだ。

「武家に嫁《か》して三年、子が生まれぬときは家を出されることもあると教えられておりましたゆえ、わたくしもそれなりの覚悟はできておりました」

「…………」

「ただ、夫がすこしでもかばってくれましたら、わたくしも耐えられたと思います。でも、二年目になって、わたくしは夫というひとに生涯をゆだねる気がなくなってきた自分に気づいたのです」

文乃はおおきく息を吸いこんだ。

「それで、婚家を出たのだな」

「はい。里帰りして、そのまま……」

「帰らなんだのか」

文乃は無言でうなずいた。

「婚家から苦情はこなかったのか」

「はい。それどころか、里に帰って五日目に嫁入り道具といっしょに離縁状を届けてまいりましたの」

「ははぁ、待ってましたと言わんばかりだな」

平蔵はいたわるような目になった。

「よかったではないか。そんな家に我慢して居座っていたら、そのうち石頭の婆さんの尿糞《しし》の世話をさせられるところだったぞ」

「ま……」

文乃はつられて、くすっと笑った。

「それに、そなたがそのまま婚家にとどまっていたら、おれはこうして、そなたとめぐりあっていなかったことになる。おれとしては、むしろ、その石頭の姑どのに感謝したいところだな」

「神谷さま……」

文乃は感情を消し去ったような淡々とした口調でささやきかけた。

「この先、わたくしとのことで、気遣いはなさらないでくださいまし」

「どういうことだ。……もう、これきり会わぬとでも言うのか」

「いいえ……」

文乃はきっぱりと否定すると、ゆっくりと腕をのばして、平蔵のうなじに巻きつけた。

「わたくしが江戸屋敷を去るまでは、毎日でもお会いしとうございます」

「江戸屋敷を去るまで、とは……いずれ磐根にもどって、嫁ぐということか」

「いいえ。もう武家に嫁ぐつもりはありませぬ」

「わからんな。なんぞ深いわけがありそうだの」

「わたくしには四十九になる母がおります。いまは達者で暮らしておりますが、いつか、年老いて躰が不自由になったり、病いで寝こむようなことになれば、わたくしが面倒をみるしかありませぬ」

「そなたには兄者がおられるではないか」

「それが、昨日、申しあげたように、兄はそばにいるだけで息苦しくなるような口うるさいおひとですし、嫂《あね》も母にこまやかな気遣いなどしてくれるようなおひとではありません」

「ふうむ……」

「婚家を去りましたときも、ひとりでわたくしを最後までかばいとおしてくれたのは母だけでしたの。ですから……」

「そなたひとりで母御の面倒をみようというのか」

「はい。桑山さまにも、そのことは申しあげてあります。そのための蓄えもしております ゆえ」

「それで、悔いはないのか。……そなたは、まだ二十六だぞ。おれがこんなことを言うのもなんだが、佐十郎の後ろ盾があれば、どんな良縁にでもめぐまれよう。そうなれば母御の世話も十二分にできると思うが」

「神谷さま……」

文乃はひたと平蔵を見てほほえんだ。

「わたくしが嫁ぎました先は禄高二百八十石、代々普請奉行をつとめる家柄で、それを良縁というなら、またとない良縁でした」

「ほう、それは……」

「わたくし、不縁になって初めて知りました。おなごのしあわせは、連れ添うて悔いのないおひととめぐり遭えるかどうかということにつきる、と……」

文乃はかがやくような笑みをこぼした。

「いま、こうして、わたくしは神谷さまにめぐりあえました。たとえ、それが半年、一年しかないとしても、悔いはありませぬ」

「そなた……」

平蔵はぐいと文乃の細腰を抱きよせた。

「先のことはわからぬ。……が、おれも、いつか磐根にいって、そなたの母御に会うてみたいと思う。ただ、そこまで、おれが無事に生きていられるかどうかはわからんが」

「神谷さま……」

「おれは業の深い男だ。いつ、どこで刃《やいば》にかかって果てるやも知れぬ。そういう生きかたをしてきたことに悔いはないが、妻子をもてば悔いを残すことになろう。……だから、いまは、そなたになんの約束もできん。許せ」

「約束などと、そのような……ただ、こうしているだけで、わたくし」

文乃はそっと平蔵に裸身をすりよせた。冷え冷えとした寒気のなかで文乃の裸身は火のように熱かった。

平蔵は腕を文乃の腰にまわして引きつけた。

「ま……」

おどろいたように文乃は眼を瞠った。

「もう、夜が明けてまいりましたのに……」

「なに、まだ明けきってはおらん」

抱きよせると、文乃はひたむきに平蔵にすがりついてきた。

行灯の灯芯がチリチリと焦げはじめた。

もう、明け六つの鐘が近い。

第三章　壺中《こちゅう》の天

一

男と女の仲ほど不思議なものはない。

それまでどことなくぎこちなさがあったのが、一度、躰をつなぎあわせてしまうと、天地のあいだでもっとも近しい仲になったように感じる。

二度目の営みがおわると、文乃はそっと床を抜け出し、背を向けたまま身繕いをすませて土間におり、サクサクと米を研《と》ぎはじめた。

米を研ぎおえると竈《かまど》の前にかがみこんで火を焚きつけ、大根を刻みはじめる。

手ぬぐいを姉さまかぶりにした後ろ姿を見ていると、もう十年もそうしてきたかのような錯覚さえおぼえる。

おなごというのはおかしなものだな……。

苦笑していると、表の戸障子をガタピシさせて斧田同心がずかずかと土間に入ってきた。

「や、朝っぱらから邪魔して申しわけない」

斧田は気さくに声をかけ、上がり框《かまち》に腰をおろした。

「怪我のあんばいはどうですかな」

「やぁ、斧田さんか。情けないが、このザマでね」

床に起きあがり、片足を投げだして座った。

「ぶざまな格好だが、勘弁してもらおう」

「なんの、無理なさらんでいい。そのまま、そのまま……」

文乃がいそいで姉さまかぶりの手ぬぐいをとった。

「さ、どうぞおあがりくださいまし。いま、お茶をいれますから……」

「いや、すぐに退散するゆえ、おかまいなく」

斧田は気忙しく羽織の裾をまくってあがりこむと、平蔵の寝床の脇にどっかとあぐらをかいた。

「昨夜来、どうもわからんことが二、三出てきましてな」

斧田は懐から布にくるんだ短剣をとりだした。

「まずは、これを見てもらいたい。これとおなじものが三振り、現場から見つかったんだが、神谷どのがやられたのも、多分これではないかな」

「ほう、これは……たしか青龍剣という清国の短剣だと思うが」

長さは九寸余（二十七センチ強）、両刃《もろば》の直刀で、柄の部分に青銅の龍の彫り物がついている。

「長崎で一度見たことがある。清国の海賊がもっていたという短剣だったが、投げ剣に使われることが多いらしい」

「なるほど、清国の短剣ねぇ。しかし、死んでいた曲者《くせもの》が手にしていた得物はどれも日本の刀だったが」

「清国の短剣をもっていたからといって清国の人間とはかぎらん。御用提灯を見て逃げだしたとき、頭目らしい男が『退《ひ》け』と命令しているのを耳にした」

「なるほど、それならわかる。清国人なら弁髪とかいう変わった髪形をしているはずだが、死骸はどれも浪人髷《ろうにんまげ》をしていましたからな」

うなずいた斧田は同心らしい鋭い目で平蔵をしゃくりあげた。

「ところで神谷どの。やつらはどうやら、ただの盗人《ぬすっと》じゃなさそうだが、貴殿に何か命を狙われるような心あたりでも……」

「うん。あるといえば数えきれんほどあるが、これといって見当もつかんな」

「じゃ、磐根藩の側用人《そばようにん》、桑山佐十郎どのはどうかな」

「まさか……あれは佐十郎を狙った襲撃だったとでも言うのか」

斧田はゆっくりとうなずいた。

「いまのところ、その疑いがもっとも濃いと、われわれは見ておる」

斧田の言葉に、お茶を運んできた文乃がハッと立ちすくんだ。

「なにゆえだ」

平蔵の目が険しくなった。

「提灯ですよ」

斧田はさらりと言ってのけた。

「いや、提灯というより、提灯の家紋ですな」

「家紋……」

「考えてみれば、昨夜は雨が降りしきっていたうえ、三河町界隈《かいわい》の店の大戸はしまっていたし、自身番小屋からも遠い。……灯りなしでは一寸先も見えない闇夜だった。そんななかで目星になるものと言えば、作造とかいう下男が手にしていた提灯のほかにはない」

斧田の口調は確信にみちていた。

「あの提灯には桑山家の家紋が前と左右の三ヵ所についていた。しかも、そばにいたのが、桑山家の奥づとめをなさっている文乃どのだった」

文乃がだまって二人の前に茶を置いた。

「さらに言うならば、文乃どののそばにいたのは、傘をさして両刀をたばさんだ神谷どのだ。しかも、その傘は番傘などの安物じゃなく、漆塗りの上物だった。神谷どのを桑山どのと見まちがえたということは十二分にありうる」

「ううむ……」

「桑山どのは磐根藩の側用人という重職にある。亡き者にしたいと考えている輩《やから》がいないと言い切れんでしょう」

斧田はガブリと茶をすすると平蔵を直視した。

「ちくと小耳にしたところによると、数年来、磐根藩には藩主の家督をめぐって内紛の絶え間がないそうですな」

「たしかに……」

言われるまでもなく、いまの磐根藩内には桑山佐十郎の政敵がいないとは言い切れない。

「しかも、昨夜の曲者は神谷どのほどの剣の腕をもってしても容易ならざる手強い遣い手だった。……ただの盗賊ではなく、磐根藩内の権力を掌握しようとしている人物が差しむけた刺客ということもありうる」

「桑山家の、家紋か……」

「そう、いまのところ手掛かりは短剣と、提灯の家紋だけと言ってもいい」

「待ってくれ。家紋を目あてに仕掛けてきたというのなら、その目あてはおれだった、とも考えられる」

「そりゃ、どういうことです」

「桑山家の家紋は重五目結菱だが、神谷家の家紋は二引菱。遠目にはおなじように見えても不思議ではない」

「なるほど、ね……重五目結菱に、二引菱か」

斧田は苦笑した。

「たしかに、似た家紋ではある」

うんうんと二、三度、軽くうなずいてから斧田はにやりとした。

「が、そいつは、こじつけですな」

「こじつけ……」

「ああ。たしかに一理はあるが、だいたい神谷どのは、失礼ながら家紋入りの提灯など、ふだん使っておられんでしょう」

「ん？」

「それに、おそらく桑山どのの背丈と、神谷どのの背丈はあまり変わらんのじゃないかな。すくなくとも遠目には見まちがえてもおかしくはない。どうです」

たしかに、佐十郎も五尺六寸前後で、平蔵と似たような背格好である。

「ううん」

さすがに八丁堀同心だけに鋭いところをおしてくる。

反論の糸口がなく、平蔵はたじろいだ。

「ともかく桑山どのには、お奉行のほうから身辺に気をつけられるよう申しいれておこう」

斧田はズズーッと音をたてて残りの茶を飲みほすと、

「や、失礼した」

持参した短剣を手に、腰をあげかけ、ひょいとふりむいた。

「そうだ。神谷どのは長崎にくわしいようだが、『らおたあ』という異国の言葉を耳にされたことはありませんかな」

「らおたあ……」

　小首をかしげかけ、平蔵、おおきくうなずいた。

「ああ、そういえば清国の船乗りは、船長のことを『ラオタア』と呼ぶと聞いたことがある。ラオというのは老人の老だが、老人ということではなく、その道に長じている人間をさしていう言葉らしいが」

「なるほど、船長ですか」

「船長とはかぎらん。頭目というような意味もあるのではないかな」

「頭目、ね……」

　手にした短剣に目を落とし、首をひねった。

「ふうん。いずれにせよ清国がらみときたか」

「斧田さん。そのラオタアという言葉は、いったいどこで……」

「ああ、実をいうと、先頃、本町の薬種問屋を襲った盗賊の一人が、頭目らしい男のことを『ラオタア』と呼んでいたのを耳にしたという女中がいたんだが……これが、なんのことやら、さっぱり見当もつかん。なにかの聞きまちがいだろうと思っていたんだが……」

　斧田はあげかけた腰をもう一度落とし、薬種問屋の肥前屋が押し込み強盗に襲われたときの状況を平蔵に話した。

「ほう。役者のような隈取りをした盗賊とは、またぎょうぎょうしい」

「ま、隈取りは虚仮威《こけおど》しのためだろうと思うが」

「ふうむ、その盗賊の一味が頭目を『ラオタア』と呼んでいたとなると、清国人がまじっているとも考えられるな」

「肥前屋の内儀も両刃の投げ剣を食らって絶命していた。肥前屋の押し込みと、ゆうべの曲者がおなじやつらだとすれば、ドンピシャリ辻褄はあうんだが……」

斧田の眼がキラリと光った。

「つかぬことを尋ねるが、磐根藩のお家騒動に回船問屋がかかわっていたことがありますかな」

「ああ、回船問屋が藩の内紛にかかわるのはよくあることでね。つい、さきごろも磐根の遠州屋藤右衛門という回船問屋のあるじが、藩の重臣と結託して騒動になったが、とどのつまりは二人とも遠州屋の飼い犬だった男に斬り殺され、あげくの果てに遠州屋も取りつぶされてしまったはずだが……」

「ははぁ、それだけしたたかな商人なら抜け荷にも手をだしていたと見ていいでしょうな」

抜け荷とは密貿易のことである。幕府は長崎港以外での貿易を禁止していたが、密貿易がおこなわれていることは衆知の事実だった。

「ほら、これですよ、これ……」

斧田が手の短剣を目でしゃくった。

「抜け荷とくりゃ、清国の船乗りや海賊がからんできてもおかしくない。また外海に出る千石船は海賊に襲われたときの用心に浪人者を雇っていることが多い」

「じゃ、昨夜の曲者が……」

「遠州屋とかかわりのあった用心棒がわりの浪人者が、陸《おか》にあがって押し込み強盗をしやがったてぇこともないとは言えねぇ。どうです」

「ううむ……金主がつぶれて飯の食いあげになった用心棒が陸《おか》にあがってきたということか」

「どうやら、この一件、一筋縄じゃすみそうもなくなってきた」

斧田はすっと腰をあげた。

「いや、お邪魔した」

さっさと土間におりたつと文乃に声をかけ、引きあげていった。

二

斧田が帰って間もなく、磐根藩邸から佐十郎が使っている下男の作造がやってきた。佐十郎からの見舞金十両を届けると、文乃には屋敷のことは気にせず、平蔵の看病をしてやってくれという佐十郎の伝言をつたえた。

文乃は作造をねぎらうと、帰途、本銀町の阿波屋に寄って絹に昨夜の事件のことを伝え、当座の着替えをもってきてくれるようにと頼んだ。

「それにしても、佐十郎の見舞金十両は多すぎるな」

どうしたものかと首をひねっていると、文乃はこともなげに、

「よろしいではありませんか。くださるというものを何も遠慮なさることはございませぬ」

涼しい顔できめつけ、

「それに、当分のあいだはお医者さまのほうも休まねばなりませんから、実入りもなくなりましょう。その埋めあわせになるではありませんか」

ちゃっかりしたことを言って、くすっと笑った。

どうやら文乃は見かけによらず、しっかり者らしい。

作造といれかわりに、むかいのおきんが文乃に当座の着替えに使ってくれと袷を二枚に帯を二本、二布《ゆもじ》を二枚、それに足袋も二足添えてもってきてくれた。

「せんせいの古着なんかじゃ恥ずかしくって、表に出られやしませんものねぇ」

口は達者だが、そういうところは気のきく女だ。

おきんは芝居好きだけあって着物もなかなかいいのをもっている。

文乃は大喜びで、さっそく縦縞の黄八丈に着替えると、朝飯をすませるなり、いそいそと買い物に出かけた。

縦縞の黄八丈がよく似合う後ろ姿を見送ってから、平蔵は木刀を杖に濡れ縁に出ると、庭に向かって存分に放尿した。

さっきから尿意をもよおしていたのだが、文乃がいると溲瓶《しびん》を使えと言うにきまっている。今朝も濡れ縁から裏庭に向かってのうのうと小便をはねとばしていたら、なにをなされますと目くじらを立てられた。

まだ杖なしで歩くのはつらいし、かと言って長屋の惣後架《そうこうか》（共同便所）まで杖をついていくのも億劫だ。

「なに、小便なら庭木の肥やしになろうが」

と反論してみたが、文乃はさっさと部屋の柱にかけてあった孟宗竹の花入れをもってきて、「これを溲瓶になさいまし。あとは、わたくしが後架に捨ててまいりますゆえ」とおしつけたのである。

たしかに溲瓶にはぴったりのおおきさだが、一回であふれかねないし、だいいち竹筒にチビチビと小便をしても、した気がしない。

悠々と庭に勢いよくハネ飛ばしながら、小はなんとかなるにしても大のほうはそうはいかんなと首をひねった。

今朝早くに文乃は提灯張りの由造《よしぞう》のところにいって、ぎっくり腰になったとき使っていたという御虎子《おまる》を借りてきてくれたが、なんのことはない小判型の木の桶で、桶の縁に尻をのせてひりだすのだという。

これじゃ出かけた糞も引っこみかねんと、見ただけでうんざりした。

とはいえ、太腿に包帯を巻かれたままで膝を折り曲げて、しゃがみこむのは、まだつらい。ことに惣後架のせまい雪隠のなかではなおさらだ。

なんとか、どっかと腰をおろしたまま糞をひる手はないものかと考えていたら、台所の隅に空になった四斗樽がおいてあるのに目がとまった。

さきごろ駿河台の兄が届けてくれた酒樽だ。居酒屋ではよく樽を椅子がわりに使っている。

これだ、と思った。口があいているほうを下にして樽を御虎子にかぶせ、底板を二枚ばかり抜いて座れば落とし口になりそうだった。

よし、源助が帰ったら頼むとしよう。

大工の源助なら、うまく樽をこわさずに細工してくれるだろう。

われながら知恵者だな。

右足を投げだし、脇息にもたれてにんまりしていたら、戸障子があいてカタカタと下駄の音がした。

「あら……」

眉を青あおと剃った丸髷の女が、上がり框から白い顔をのぞかせた。

おおきく見ひらいた黒目がちの双眸が、文乃にどことなく似ている。

文乃の従妹の絹だった。

「お、これは……」

いそいで居住まいをなおしかけた平蔵を見て、

「よろしいんですよ。どうぞ、そのまま楽にしていてくださいし」

絹は気さくに下駄をぬいであがってきた。藍染め問屋の内儀らしく藍の上物の絣《かすり》に、銀糸を織りこんだ帯をしめている。年は文乃より一つ下だが、二人の子持ちだけに落ち着いた年増の物腰が感じられる。

うしろから結《ゆう》がおおきな風呂敷包みをかかえて顔を見せた。

「おお、結か」

結はちょっと照れたように腰をかがめてニッコリした。祖母の往診を頼みにきたときとはくらべものにならない明るい笑顔だった。

三

絹と会ったのは結を阿波屋に雇ってもらうことになり、挨拶に出向いたときの一度だけだったが、絹はまるで親戚か、ごく親しい女友達の家を訪れたような気やすさだった。

挨拶をすませると、絹はすぐに結にもたせてきた風呂敷包みをひろげた。

文乃から頼まれたという着替えの衣類に添えて、男物の上田紬《うえだつむぎ》の袷《あわせ》と、仙台平《せんだいひら》の袴をとりだした。

「先だって文乃さまから寸法をうかがって仕立てさせておいたものですの。ちょうどよござんしたわ。替え着になさってくださいまし」

「おお、これは……」

上田紬の袷と仙台平の袴とくれば、相当に高禄の武家でもなければ着られない上物である。

「しかし、こんな高価な品をいただくわけには……」

なにせ平蔵はふだんから寝巻がわりにしている、よれよれの浴衣姿で起きぬけのままである。おまけに右足を投げだしたままというぶざまな格好だった。

「いいんですよ。そんなお気になさらなくても……」

絹は袂《たもと》をおきゃんに振ってみせた。

「この生地は文乃さまが神谷さまに着ていただくつもりで、お買いもとめになったものなんですよ」

「文乃どの、が……」

「ええ、ほんとうは文乃さまがご自分で縫いあげたかったのでしょうけれど、男物はやはり男の針でないと、しゃきっと仕上がりませんからね」

そう言われれば上田紬はいかにも文乃の好みらしく、品のいい藍染めの生地で、袷にも袴にもぴしっと熨斗目《のしめ》がきいている。長屋住まいの平蔵にはなんとも不釣り合いな品物だった。

文乃は前にも平蔵の親友である矢部伝八郎の足袋の爪先がほころびているのを見かねて繕ってくれたことがある。おかげで伝八郎は舞いあがり、文乃に熱をあげるという笑うに笑えぬ一幕もあった。

「ねぇ、神谷さま……」

絹は意味ありげなふくみ笑いをもらした。

「これは文乃さまの並なみならぬ思い入れのこもったお品、なんにもおっしゃらずにおおさめくださいまし」

「む、む……さようか。ならば、ありがたく頂戴つかまつる」

平蔵は包帯をした右足を投げだしたまま、しかつめらしく絹に礼を述べた。

「文乃どのにはひとかたならぬ面倒をかけているばかりか、このような品までいただいては、まことにもって……」

「ま、文乃さまにつかまつるだの、いただくなどと他人行儀なことをおっしゃらないであげてくださいましな」

絹はあけっぴろげな気性らしく、くだけた口調になると下から平蔵をすくうように見あげた。

「きっと文乃さまは神谷さまのおそばにいられるだけでも、お幸せなんですよ。面倒をみているなんて、これっぽっちも思ってらっしゃいませんわ」

そう言うと、絹はからかうような目を投げかけた。

「だって、文乃さまときたら、わたしに会うたび、神谷さまのお噂ばかり……」

「は……」

「だから、せいぜい一日でも長くおそばにおいてあげてくださいましね」

なんとも大胆なことを言う。

「い、いや、そういうわけには……なにせ、文乃どのは屋敷勤めの身ゆえ」

「まぁ、そんな堅苦しいことをおっしゃって……」

絹は白い咽《のど》をそらせてコロコロと笑った。

「表向きはそうでしょうけど、あの道ばかりはねぇ。ふふふ……わたくしには文乃さまのお気持ちがよくわかりますのよ」

そう言うと、絹はなにやら意味深な目つきになった。

「ねぇ、神谷さま……」

絹が膝をおしすすめてきた。

「文乃さまがあれだけの器量よしなのに、どうしても嫁《とつ》ごうとなされないわけをご存じかしら」

「は……」

これには平蔵、たじろいだ。

「たしか、国元の母御のことを案じられてのことのようだが」

口を濁すと、絹は勢いづいてたたみかけてきた。

「ええ、ええ、それもありますわよ。でも、それも表向き……文乃さまのほんとうのお気持ちは、だれよりもわたくしが一番よく知っておりますの」

絹はさらに膝をおしすすめてきた。厚みのある太腿が、投げだした右足にふれんばかりだ。

「文乃さまは、いまが女盛りじゃありませんか。あんな堅苦しいお屋敷勤めで、このまま年をとらせては文乃さまが可哀相すぎますよ」

平蔵、なんとも答えようがない。

「ね、神谷さまも、いずれは奥さまをお迎えになるんでしょ。だったら、文乃さまはいかがかしら……」

さらりと絹はいきなり本丸に斬りこんできた。

「い、いや、それがしは、まだまだ妻を養えるようなゆとりはござらん」

「なにをおっしゃいますやら……」

　絹はことともなげに笑って一蹴した。

「だって神谷さまは、お医者さまをなさりながら、小網町で剣術指南までなさっているそうじゃありませんか。……それに、お兄さまは千八百石のご大身《たいしん》で、大《おお》公儀《こうぎ》の御目付《おめつけ》までなさってらっしゃるとか」

「いやいや、それがしは、とうに兄の家を離れた身ゆえ……」

「お兄さまにご迷惑をかけたくないとおっしゃるんでしょ。だったら、いっそ、わたくしにおまかせくださいな」

「は？……」

「奥さまをお迎えになったら、ここではあまりに手狭ですもの。この近くに小綺麗な家でもお借りになればよろしいわ。そうすればお医者さまのほうも、もっと繁盛いたしますわよ。万事、わたくしにおまかせくださいましな」

「い、いや……」

「それとも文乃さまでは、お気に召しませんの」

「あ、いや、そのようなことは……」

「でしょう。いまは、そのお御足《みあし》ではなんでしょうけれど、ひとつ屋根の下に寝起きなさっていれば、そのうち、どうしたって、ねぇ……」

絹は露骨に探るような目になった。なるようになってしまった平蔵としては反論のしようもない。

「それに文乃さまは、だれが見たって、あれだけの器量よしですもの。ほら、人の口に戸は立てられずと申しますでしょ。なんにもなくったって、なにかあったと思うのが世間さま、そうじゃございません」

ごもっとも、というほかはない。

平蔵、弱りきっていたところに、うまい具合に文乃が帰ってきてくれた。

四

絹は四半刻ほど、とりとめのない世間話をかわすと、さっきまで平蔵をあおりたてていたことなど、どこ吹く風の涼しい顔で引きあげていった。

文乃が手ぎわよくととのえてくれた昼飯を食べおわったとき、隣の源助が見舞いがてら顔をだした。

「せんせい、いいものを造ってきやしたよ」

そういって源助は手作りの松葉杖をさしだした。

「お、こりゃありがたい」

さっそく松葉杖を右の脇の下にはさんで表の路地に出てみた。木刀を杖がわりにするよりはずんと歩きやすい。

「これはいい。これなら溲瓶《しびん》を使わなくても小便に行ける。さすがは大工だな」

「へへへ、なんたって嬶《かかあ》が赤子をひりだすまでにゃ、せんせいにしゃきっとなってもらわねぇと困りやすからね」

「おい、ひりだすはなかろう。およしさんが聞いたらどやされるぞ」

「なぁに、あんなでっけぇ腹をかかえてちゃ喧嘩にもなりやせんや」

「そうだ。ついでに、もうひとつ頼まれてくれんか」

さっき考えた空き樽の底板をはずした御虎子用の腰掛けのことを話すと、源助は目を丸くした。

「そいつぁおもしれぇや。つまりは腰をかけたまんまで御虎子にひりだしてぇんでしょう」

「そういうことだ。なにしろ膝をまげると傷にひびくんでな」

「だったら腰掛けの箱を造っちゃったほうがはえぇや。樽の底板を抜いちまうと箍《たが》がゆるんでバラバラになっちまいますよ」

「そうか、そこまでは考えなんだな」

「ようがす、夕方までにゃ造ってみせまさぁ」

気軽に胸をたたいて引きうけてくれたが、

「ね、せんせい、足を傷めてるわりにゃ、あっちのほうはお盛んですね」

「なにぃ」

「めっぽう、いい音色でござんしたよ。好いた夜《よ》はふるえる声ですがりつき、なあんてね」

「おい、源助……」

「いいじゃありませんか。世の中のひとはいっちレコが好き、へへへ」

源助、にやっとするなり、さっさと家に飛びこんでしまった。

「ちっ……」

どうやら絹の言うとおり、人の口に戸は立てられずだなと苦笑したが、いっぽうでは、文乃をいつまでも引きとめておくわけにはいかんなと思った。

とはいえ、松葉杖や御虎子なしでは厠もままにならないのが現状である。

くそっ！

あの清国の飛剣をかわしきれなかった、おのれの技量の未熟さに腹がたった。

五

夕刻、思いがけなく桑山佐十郎が土橋精一郎を供にしたがえて訪れた。ちょうど平蔵が下帯ひとつになって、文乃に傷口の晒《さら》しを替えてもらっていたときだった。

「や、そのまま、そのまま……」

いそいで迎えに立とうとする文乃を手で制しながら、気さくに上がってきた佐十郎は血で赤黒く染まった晒しを見て、眉を曇らせた。

「めずらしいな。神谷がそれだけ手傷を負うとは……」

「うむ、飛剣にやられてな。不覚をとってしまった。まったく闇夜の飛び道具というやつは始末に悪い」

「ま、ま、大事にいたらず、よかった」

そういうと佐十郎は懐中から袱紗《ふくさ》に包んだ小判をとりだした。

「殿も案じられておってな。これは殿からの見舞いだ。遠慮は無用だぞ」

「それはかたじけない。よろしく申しあげてくれ」

「なにせ、もしかしたら神谷はおれのとばっちりをうけたのやも知れぬからの」

「うむ……」

「さきほど北町奉行所の同心が訪ねてきてな。昨夜の狼藉《ろうぜき》の子細を聞いた。……なんでも目当ては、おれだったかも知れぬということだったが」

「ああ、あの斧田という同心は、磐根の遠州屋藤右衛門が抜け荷船に飼っていた用心棒どもの仕業ではないかと疑っておるのだ。つまり国元の反桑山派の何者かが仕向けた刺客ではないかというんだな」

「おい、反桑山派などと大仰なことを言うな。おれは、そんな大物ではないぞ」

「でもないさ。いまや佐十郎は藩侯の側近中の側近だ。刺客をさしむけてくるやつがいても不思議はないね」

「やれやれ、うっとうしいことだな」

佐十郎は苦笑して後ろにひかえている土橋精一郎をかえりみた。

「ま、用心するに越したことはないから精一郎をつれてきてはいるが、なに、殺《や》られたら殺られたときのことだ」

土橋精一郎がもちまえの屈託のない目で笑いかけてきた。

精一郎は磐根城下で鐘捲流《かねまきりゅう》の剣道場をひらいている藤枝重蔵門下の逸材で、藩中随一の遣い手である。平蔵とは鐘捲流の同門ということもあって精一郎の腕は平蔵もよく知っていた。

「そりゃいい。精一郎がついていて殺《や》られるようなら、天命だとあきらめろ」

「こいつ！」

「ふふ、ふ」

「ともあれ、取りつぶされた遠州屋にどんな連中が飼われていたかは国元に早飛脚をだして徒目付《かちめつけ》の伊沢東吾に調べさせてみよう」

「伊沢東吾というと、戌井《いぬい》又市が遠州屋のところにひそんでいることを探りだしてくれた男だな。あの男ならまかせていいと思うね」

晒しの巻き替えをおえた文乃が、お茶をいれに台所に立つのを目で見送った佐十郎がぼそりとつぶやいた。

「おい。文乃が黄八丈を着ているのを見たのははじめてだが、おぬしが買いあたえたのか」

「じょうだんじゃない。おれは女の着物などにはとんと縁のない男だよ。ありゃむかいの魚屋の女房が貸してくれたものだ」

「ほう。というと、きさまの看病だけではなく、文乃は長屋の近所づきあいもうまくやっているようだの」

「ああ、口さがない女房どもからも気にいられているようだ。おぬしの役宅にいるときより気楽なんじゃないか」

「ふうむ。まさに壺中《こちゆう》に天あり、か……」

「うん？」

「なに、われ、ついに長房《ちようぼう》になりえずということよ」

佐十郎、にやりと片目をつぶってみせた。

「なんだ。きさま、長房たらんと思ったことがあるのか」

「いや、なりえずと言ったろうが」

いつもは磊落《らいらく》な佐十郎の双眸に、ちらりと一抹の寂寥《せきりよう》がよぎった。

そうか……。

佐十郎が出戻りになった文乃を江戸屋敷の役宅に呼びよせたのは、文乃を不憫《ふびん》という気持ちとは別に、ひそかな文乃への思いもあったのだ。

ただ武家は家格を重んじる。桑山佐十郎の家柄は磐根藩でも名門で、いまは側用人だが、いずれ家老の座を約束されていることは家中のだれもがみとめている。

家禄も加増され、いまや千石取りの大身である。禄高十五石の文乃の生家とは雲泥の差があるばかりか、文乃は形のうえでは婚家を離縁された出戻りである。妻に迎えるなどということはできようはずがない。

主もちの武士とはそういう格式のうえに成り立っているのだ。

壺中の天、という故事になぞらえた佐十郎の言には、掌中《しょうちゅう》の珠《たま》という思いが色濃くふくまれているにちがいなかった。

六

平蔵は行灯《あんどん》の火影《ほかげ》に愛刀のソボロ助広をかざしながら、入念に打ち粉をはたきつけていた。

昨夜の激しい斬撃にもかかわらず、ソボロ助広の刀身には刃こぼれひとつ見あたらなかった。

台所で洗い物をしていた文乃があがってくると、平蔵の布団のかたわらに自分の布団を敷きはじめた。

六畳間に布団を二組並べて敷くと、せまい部屋が急に艶《つや》めいてくる。

夕刻、むかいのおきんに誘われて亀湯にいってきた文乃の肌のぬくもりがつたわってくる。化粧をしていないだけに女体が発する匂いが、いっそうなまなましく感じられた。

平蔵はソボロ助広を鞘におさめると、枕に頭を落として仰臥した。

布団を敷きおえた文乃が、隣の三畳間に入っていった。

着替えをしているらしい衣擦《きぬず》れの音がつつましく聞こえてきた。

しばらくして文乃は白絹の寝衣に着替えてもどってくると、行灯の前に片膝をつき、灯芯の火を枕元の有明行灯（常夜灯）にうつしかえた。

文乃がきちんと膝をそろえて指先を畳につけると、かすかな声で「おやすみなされませ」と声をかけた。

平蔵は無言で文乃の手首をつかむと、布団をはねあげてぐいと文乃を手繰りよせた。白い寝衣の文乃が、くずれるように平蔵の腕に抱きとられた。

「文乃どの……おれはきめたぞ」

双眸《そうぼう》を見ひらいて文乃はいぶかしげに平蔵を見あげた。

「いま、すぐというわけにはいかんが、そなたを、おれが妻に申しうける」

「……神谷さま」

文乃の睫毛《まつげ》がわなないた。

「母御さえよければ、わしが引きとろう」

ふいに文乃の双眸に涙が盛りあがってきた。唇がかすかにおののいている。

「そなたも、異存はないな」

「は、はい……」

懸命にうなずいて文乃はひしと眸《め》をとじた。おずおずと腕をのばすと、懸命にすがりついてきた。歯をあてればプツンと破れそうなふっくりした唇をそっと吸いとった。

文乃は双の腕を平蔵のうなじにかけ、ひたむきにせりあがってきた。

真っ白な寝衣の襟から乳房がこぼれだした。湯あがりの肌から熟れた女体の匂いが香《かぐわ》しくただよってきた。乳房を掌ですくいとると、文乃の躰が瘧《おこり》にでもかかったように鋭くふるえた。

なめらかな腹の起伏から、和毛《にこげ》におおわれたこんもりした丘を、そしてふたつの円柱のように左右にわかれた艶《つや》やかな太腿を慈しむように愛撫した。

「そなたはな。おれの壺中の天だ。だれにもわたすわけにはいかぬ」

「壺中の、天……」

文乃がいぶかしげに問いかえした。

「さきほど桑山さまもそのようなことを申されていましたが、どういうことでございますか」

「うむ。……ま、掌中《しょうちゅう》の珠《たま》とでもいうようなことだ」

壺中の天とは後漢書《ごかんじょ》のなかにある故事《こじ》である。

汝南《じょなん》という街に費長房《ひちょうぼう》という長官がいた。その街の市場に薬売りの店をだしている翁《おきな》がいたが、翁は市場がおわると、きまって店先に懸けてあった壺のなかに身を消してしまった。だれも気づかなかったが、費長房だけはそれを見て興をそそられ、翁に頼みこんで、ともに壺の中に入ってみたところ、そこはこの世のものとも思えない楽園だったという。

掌中の珠とはすこし意味あいがちがうが、佐十郎はそれをもじったのである。

だが、文乃にあえて佐十郎の胸中を明かすことはあるまい。

「壺中の天……」

うっとりと文乃がつぶやくように言った。

「そうだ。そなたは、おれの壺中の天だ……」

平蔵はそっと文乃のしなやかな腰を引きよせた。

「あ……そのような」

文乃の声がかすれ、しだいに息遣いがせわしなくなってきた。

七

平蔵は六畳の居間に右足を投げだし、右手に亡父遺愛の肥前忠吉《ひぜんただよし》の脇差しを抜きはなっていた。

柱から柱にかけて二本の木綿糸を斜めに交差して張り、その糸にはそれぞれ幅一寸余、長さ三尺余に裁断した和紙の短冊を糸でぶらさげてある。

今日は風もあまりない穏やかな冬日和だが、あけはなった戸障子から微風が流れこんでくる。短冊は微風に反応してヒラヒラと舞う。

平蔵は不自由な態勢から、右手の脇差しを一閃させた。短冊の先端が一寸あまり切断されてふわりと落下する。返す刃で、ふたたび短冊を両断した。

それでも短冊を吊った木綿糸は、微塵のかわりもなく微風にそよいでいた。

平蔵は切断された短冊の先端が二枚、ふわふわと舞い落ちるのを見届けてから、ゆっくり残心の構えを解いた。

その一連の流れるような動作を、平蔵は何度もくりかえした。

目黒の碑文谷《ひもんや》に隠宅をかまえる、剣の師佐治一竿斎《さじいっかんさい》から伝授された「霞の太刀」の復習だった。

佐治一竿斎が蠟燭《ろうそく》の炎でしめした技を、糸に吊した短冊に変えてみたのだ。

先日、思わぬ不覚をとった、あの清国の飛剣の連打を防ぐにはこれしかないと考えたからである。

初手の飛剣はいちおうの剣士ならだれでもかわせるだろう。が、間髪をいれず飛来する飛剣の連打を払うには霞の太刀を錬磨するしかない。

あのときは目の前の凶漢との対峙に気を奪われ、背後の闇を縫って襲いかかってきた初手の飛剣は払ったが、間をおかず飛来した短剣に虚をつかれ、かわしきれなかった。

不覚というより、未熟の一語につきる。

いつ、いかなる場合でも、無心のうちに躰が反応しなくては秘太刀を会得したとは言えない。

しかも、いかなる不利な態勢からでも、遅滞《ちたい》なく剣をふるえなければ完全に会得したとは言えないのだ。

つぎに平蔵は、斜めに躰をよじったまま剣をふった。

三ヵ所の傷口がいっせいに悲鳴をあげた。ことに左の脇腹の傷は火鏝《ひごて》を押しあてられたような疼痛が走った。

が、平蔵はやめなかった。今度は後ろ向きになって剣をふった。

斬撃のさなかに傷を負ったからといって、闘いを中断するわけにはいかない。

斬るか、斬られるかの闘いで、死中に活路をもとめるには闘いつづけるしかないのは自明のことである。

切断された短冊の切れ端が、あたかも紙吹雪のように部屋に散乱した。

平蔵の総身から汗が噴きだしてきた。

表の戸障子があく音がして土間に下駄の音がした。

「ま……」

部屋に散乱している紙片を見て、文乃が目を瞠った
平蔵が手にしている抜き身の脇差しに目をやった文乃は、すぐに平蔵がなにをしていたのか悟った。

「神谷さま……」

「なに、すこしは動かんと躰が鈍《なま》るからな」

平蔵は苦笑いして脇差しを鞘におさめた。

「お気持ちはわかりますが、あまり焦られますな」

あがってきた文乃は片膝をついて平蔵の額の汗を手でぬぐい、

「あらあら大変な汗ですこと」

有無をいわさず平蔵の着衣をはぎとり、急いで手ぬぐいをもってきて平蔵の躰を拭いはじめた。

「もう、こんな無茶をなさって……傷にさわりますよ」

下帯ひとつになっている平蔵の全身の汗を、かいがいしくぬぐう文乃の表情には惜しみない優しさがあふれていた。

それは平蔵の身辺にもっとも欠けていたものだった。

そのことが、これから先、剣を鈍らせることになるかも知れないという思いが、ふと胸中をよぎった。

が、それが天命なら、それはそれで甘んじてうけるしかない。

汗をぬぐいおえると、文乃は三畳間から代わりの袷をもってきて平蔵に着替えさせ、張り渡してあった糸と、斬り散らかした紙を片づけにかかった。

「どうだった。弓町の借家は……」

「ええ、なかなかよい家でございました。間取りは六畳がふた間に四畳半で、お家賃は月に二分二朱と、すこし、お高いのですが……」

「ここより一貫文高いということか。ま、家賃で文句は言うまいよ。あいつの親父は大坂でも屈指の流行り医者らしいから、金の心配はいらんだろう。なにせ書生のくせに飯炊きの女中がほしいなどと贅沢をぬかしておるくらいだからな」

「では、絹どのにも、そのようにご返事しておきます」

「たのむ」

文乃が見にいった借家というのは、平蔵が長崎に留学していたころの友人、渕《ふち》上《がみ》洪介《こうすけ》から頼まれていたものである。

てごろな借家が弓町にあると絹から知らされ、さっそくに文乃がたしかめにいってきたのである。

「弓町なら森田座のある木挽町《こびきちょう》にも近い。芝居好きの洪介には猫に鰹節のようなものだろうな。勉学などそっちのけで芝居ざんまいにふけるやもしれんぞ」

「また、そのような、お口の悪い……」

笑いかけた文乃の手首をつかんで手繰りよせた平蔵は、

「あ……」

と声をあげかけた文乃の口をいきなり吸いつけた。

「いけませぬ。……そのような」

もがく文乃の身八つ口から手を差しいれ、ふっくりした乳房をさぐった。

「だれも見てはおらぬよ」

「でも……」

「でも、なんだ」

「もう、存じませぬ」

いつしか文乃の声が甘やいできた。

「おい。ほんとうに、おれがような男でよいのか」

文乃はかすかにあえぎつつ、深ぶかとうなずいた。

「神谷さまこそ……わたくしのようなものでよろしいのですか」

「そなたは、おれが壺中の天だ。だれにもやらぬ」

平蔵の手が乳房をまさぐり、指が乳首をとらえた。

文乃はさからうことをやめ、うっとりと瞼をとじたまま、おずおずと双の腕を平蔵のうなじにまわしてきた。

黄八丈の裾からこぼれた足の指先がくの字にまがり、切なげに畳を這った。

むかいのおきんから借りた黄八丈の袷が気にいったらしく、おきんに頼んで絹がとどけてくれた藍染めの絣《かすり》ととりかえてもらったのである。

黄八丈は普段着でそれほど高いものではないから、おきんは喜んでとりかえてくれたらしい。黒い縦縞の入った黄八丈が、色白の文乃によく映って見える。

黄八丈の奥の壺中の天をさぐりかけたとき、ふいに表の戸障子がガタピシと音を立てた。

「おい、神谷！　曲者にやられたと聞いたが、ほんとうか」

矢部伝八郎のあたりかまわぬ大声が乱入してきた。

「あ……」

文乃が弾かれたように平蔵から離れ、せわしなく身繕いをした。

「ちっ！」

竹馬の友とはいえ、いつもながら、まったく無粋なやつだ。

「お……これは、文乃どのではないか」

「おひさしぶりでございます」

「あ、い、いや……」

伝八郎、まぶしそうに目をしばたたいた。

「そうか、文乃どのが看病に……ふむ、ふむ、そういうことか」

「なにがそういうことか、だ。見りゃわかるだろう」

晒しを巻いた太腿を見せた。

「なにしろ、このざまだからな。歩くのもままならん」

「出稽古にいって桑山どのから聞いたんだが、清国の投げ剣にやられたそうだの」

「ああ、われながら不覚だった」

「それにしても、きさま、よくよく刃傷沙汰に巻きこまれるやつだな」

「こいつ、他人事《ひとごと》みたいにぬかしやがって」

「ははは、ま、そうむくれるな」

気楽に笑いとばした伝八郎、台所でお茶をいれている文乃のほうを目でしゃくって声をひそめた。

「文乃どのに看病してもらえるなら、おれが代わってやりたいくらいのものだ」

「いまさら、なにを言うか。例の圭之介の妹御とはどうなっとるんだ。もう振られたのか」

「ばかを言え。いまや奈津どのはな、おれにぞっこんよ」

得意そうに胸をそらせ、にやついた。

「ほう、きさまにもやっと春がめぐってきたか」

「やっととはなんだ。やっと、とは……おれも、かつては直参《じきさん》の娘におおもてしたこともあるだろうが」

「ああ、あの役者狂いの娘か」

「おい、神谷……それを言うな。それを」

台所で文乃が袖に顔をおしあて、笑いを嚙《か》みころしていた。

第四章　好色浪花男

一

「ふうっ、こらたまらん。腹の臓腑《わた》までとろけてきそうや。あぁ、ごくらく、ごくらく……」

　渕上洪介《ふちがみこうすけ》は首までどっぷりと出湯《いでゆ》にひたりつつ、水平線に沈んでいく夕陽を眺めていた。

　冬は大気が澄んでいるせいか、夕陽がことのほか美しい。目の前にひろがる大海原からうちよせる波も夕陽に映え、キラキラと金波銀波にかがやいている。

　熱海《あたみ》七湯、千年の歴史をもつと言われる名湯だが、この湯宿は土地の人ぐらいしか知らない秘湯だという。

　洪介が逗留している出井亭《いずいてい》は相模湾を一望する山麓にあり、五つある離れ部屋に客を泊め、三度の食事は母屋から女中が運んでくる。

露天の岩風呂だけは共用になっているが、広い敷地に五部屋がうまく配分されているため、ほかの客と顔をあわせることはめったにないことが好まれて、小田原藩の高禄の藩士や裕福な商人たちの一部に、ひそかにひいきしているひとがいるらしい。

宿賃も一泊一分と破格だが、料理をつくる主人の腕がなかなかのもので、食い物にうるさい洪介《こうすけ》も文句のつけようがなかった。

洪介は上方でも名医と評判の高い大坂の町医者渕上丹庵《たんあん》の一人息子だが、江戸で医学の研鑽をつみたいと父に懇願し、神田新石町で町医者をしている旧友の神谷平蔵を頼って江戸に下る旅の途中だった。

小田原の茶店で出井亭の評判を小耳にはさんだ洪介は、出湯《いでゆ》につかって旅の疲れをとるのも悪くないと思い、足を運んで泊まってみたところ、魚も野菜も新鮮で、地酒もなかなかうまい。なによりも昼夜を問わず、いつでも出湯につかれる安気さがおおいに気にいって逗留し、今日で五日になる。

「これで、いい女が背中でも流してくれりゃ言うことなしやがなぁ」

というのが洪介の偽らざる心境だった。

街道筋の旅籠《はたご》はどこでも飯盛女《めしもりおんな》を雇っていて、給仕にきたとき耳打ちすれば仕事をすませてから夜伽《よとぎ》にやってくる。遊郭はおおきな宿場町や城下町にしかなかったから、旅の男の楽しみのひとつは旅籠の飯盛女だった。

毛まんじゅう万民これを賞翫《しょうがん》す。

旅に出る男のほとんどが飯盛女の品定めをしてから宿をきめるのが習わしのようになっていた。

飯盛女の枕銭は五百文とほぼ相場がきまっていたが、しみったれて値切ったりすると廻《まわ》し（かけもち）にかけられてしまう。

飯盛女のなかには亭主もちの女房もいれば、根っから男好きの女もいて、宿場女郎より床ずれしていない上玉にぶつかることもあるから、洪介は街道の景色よりも旅籠の飯盛女のほうを楽しみに旅をしているようなものだった。

ところが出井亭の女中は近隣の農家や漁師の娘か、寡婦《やもめ》ばかりだった。使いべりしそうもない骨太の女ばかりで、好き者の洪介も手をだす気にならなかった。

洪介は堅物で聞こえた父親とはおおちがいの道楽息子だった。

格別に早熟だったというわけではないが、子供のころから好奇心が人一倍旺盛だったことはたしかである。

八歳のころ、近所の馬喰《ばくろう》（牛馬の仲買人）が種馬をつれてきて手持ちの雌馬に種つけさせているのが物めずらしくて見ていたら、顔見知りの馬喰の親爺が「ぼんも大人になったら嫁はんもろうて、せっせとおめこせんならんのや。よう見ときや」とからかわれ、肝をつぶしたのがはじまりだった。

そんな洪介も下《しも》の毛がちょろちょろ生えそろってくる思春期になると、自然に色気づいてくる。

徒然草《つれづれぐさ》の筆者である兼好法師までが「人として色好まざるは玉の盃底なしがごとし」というくらいだから、よほどいいものなのだろう。いままで気にもならなかった女中の行水姿をのぞきたくなったり、町を歩いていても女の尻のふくらみに気をとられるようになっていた。

そんな洪介の変化にまっさきに気づいたのが、洪介の身のまわりの世話をしていた女中のおもよだった。

掃除をしているおもよの豊満な腰まわりを洪介がぼんやり眺めていたら、「ぼっちゃんも色気づく年頃になりはったんやなぁ」と細い目をいっそう細くし、「だれぞ好きな娘はんでもできたんとちゃいますか」とからかわれた。

そのときは、まさか、七つ年上のおもよに筆おろしをしてもらうことになるとは思いもしなかったが、数日後、蔵にもぐりこんで父の蔵書を漁っていたら、男女のまぐわいを描いた艶本《えほん》を発見した。

延宝年間に発刊された『表四十八手』という艶本で、菱川吉兵衛（師宣《もろのぶ》）という絵師が描いたものだった。

ひと目で枕絵とか笑本《えほん》とかよばれるたぐいの草双紙だとわかったから、洪介、胸をわくわくさせながらひもといてみると、あられもなく抱きあっている男女の痴態をつまびらかに描いた絵に、添え書きの文章までついている。

――人はさかりに、女はわかきを妻《め》とるべきものかは。よろづのまじはりも、壮年のむつびはその情《なさけ》ふかしといへり……。

もったいぶった序文にはじまり、さまざまに男女がまぐわう構図に、四手《よつで》、茶臼《ちゃうす》、投足上《なげあしあげ》、後ろだき、寝入物《ねいりもの》、男鹿戯《おじかのたわぶれ》などというちんぷんかんぷんな名称がつけられ、ごていねいな解説までしるされていた。

蔵のちいさな明かりとりの淡い光をたよりに拾い読みしてみると、「ふうふの中、むつましくして、いろいろと品をかへ、たのしみせんとは、何よりのなぐさみならん」とある。どうやら男女のまぐわいというのは、想像していたより、ずっと心地よいものらしい。

それからというもの、女を見るとあられもない妄想をたくましくするようになったのは若者としてきわめて自然なことであった。

「ああ、どうにかして生身のおなごとおめこしてみたいもんや」

洪介の女体への渇望は日々つのるばかりだった。

「なんとかならんもんやろか……もう顔なんかどうでもええわ。おなごやったらだれでもええんやけどな」

そんな洪介に天の啓示のようにひらめいたのが、おもよだった。

おもよは洪介にとっては、もっとも身近にいて気ごころも知れているし、まぎれもなく豊満な女体の持ち主である。

洪介にとって艶本で見た寝入物《ねいりもの》（夜這い）の相手には、おもよのほかには思い浮かばなかった。

おもよは行水を使っているときも洪介に裸を見られて平気だし、前を隠そうともしない。雑巾がけをしているときも、洪介が通りかかると、わざと裾をたくしあげて白い内腿をちらつかせたりする。

「おもよなら、めったに騒ぎたてるようなことはせえへんやろ」

それに、いざともなれば、厠《かわや》にいった帰り、寝ぼけて部屋をまちがえたんだとごまかせばすむだろうという、きわめて身勝手な憶測もあった。

そう思ったら、洪介、もう矢も盾もない。

夏の夜、家の者が寝静まったころを見はからい、おもよの部屋に息を殺してそろりそろりと這いこんだのである。

這いこんだものの、どうしていいかわからない。

やたら咽が渇くし、頭に血がのぼって、目がかすんでくる。

はずむ息をおし殺しつつ、おもよの寝顔を眺めていたら、なんと眠っているとばかり思っていたおもよが「ぼっちゃん、さ、はよう」と夜具を持ちあげ、洪介を迎えいれてくれたではないか。

おもよのふとやかな腕に手繰りよせられたあとは、どこをどうされたのかわからぬうちにふんどしをはずされ、突っぱらかっていた洪介のちんちんは露をふくんだおもよの股間にぬるりとおさまっていた。

えもいわれぬ快感が洪介の全身を浸し、夢見心地のうちに初手はアッという間もなくおわってしまった。

なんともあっけなかったが、おもよは両の腿でしっかりと洪介の腰をはさみこんだまま放そうとしない。

「ぼっちゃん、じっとしてや。ほんまにようなるのはこれからやさかいな」

おもよは洪介の口を吸いつつ、しぼんでしまった洪介をすっぽり呑みこんだ股間をしめてはゆるめ、しめてはゆるめをくりかえした。

そのうち、洪介のちんちんがふたたび力強く脈うってきたではないか。

「ふふ、ふ。やっぱり、わてが思うてたとおりや。そのうち、ぼっちゃんはおなご泣かせの男はんにならはりまっせ」

いとしげに洪介を抱きしめると、おもよはゆっさゆっさと洪介をしゃくりあげ、ついには「あぁ、もうあきまへん」とすすり泣くような声まで発した。

これに味をしめた洪介は、夜ごとおもよの部屋に通いつづけたが、秘事は隠すよりあらわれるが早しで、ほどなく二人の密会は両親の知るところとなった。

年下といっても、主犯はあくまでも最初に夜這いをしかけた洪介である。

思案した父の丹庵は、可愛い子には旅をさせろという古言にしたがい、洪介を医学研鑽《けんさん》のため、長崎に留学させることにしたのだ。

その長崎で知り合ったのが神谷平蔵だった。

平蔵は磐根藩の藩医神谷《かみや》夕斎《せきさい》の養子で、医学研鑽のため、藩費で長崎に留学していたのだ。

平蔵は禄高千三百石の大身旗本神谷家の次男坊に生まれたが、医者だった叔父夕斎に子がなかったため養子に入ったものの、生来、医術より剣術に向いているという変わり種だった。

洪介も医術研鑽より女体探求に熱心な口だったから、変わり種同士で妙にウマがあい、勉学はそこそこにお茶を濁し、もっぱら遊学にはげんだ。

三年後、平蔵は養父夕斎が磐根藩のお家騒動のとばっちりをうけ暗殺されたため、養父の仇を討つべく磐根に帰郷してしまった。

平蔵がいなくなって一年後、洪介も大坂にもどり、神妙に父の代診や往診をつとめていたが、しばらくすると遊び心がむずむずと頭をもたげてきた。

しかも、ひいきにしていた歌舞伎役者の坂田藤十郎が宝永六年に他界し、かわって江戸では二代目市川団十郎が父をしのぐ名優だと人気をあつめているという噂が大坂にもつたわってきていた。

根が芝居好きの洪介の胸中に、

「団十郎の舞台をとっくりと見てみたいもんや」

という願望がおさえきれなくなってきた。

さらにまた上方の女とは肌合いのちがう、おきゃんな江戸女の肌身を味わってみたいという密かな好色願望が拍車をかけた。

そこで、ふたたび医学の研鑽をつんでみたいと殊勝な口実をこじつけ、江戸留学を父に懇願したのである。

道楽者だった洪介が長崎から帰ってからは真面目に代診、往診をこなしていたから、父の丹庵は一年の期間限定つきで承知してくれた。

江戸には神谷平蔵といううれっきとした旗本の血筋をひく学友がいるということも、丹庵を安心させる要因になっていた。

二

「平蔵さん、いまごろ、どないしてるんやろな」

露天風呂からあがり、部屋にもどった洪介は、いまが旬の鮎魚女《あいなめ》の刺身を肴に湯あがりの酒を味わいながら、長崎でともにすごした遊び仲間を懐かしく思いうかべた。

「平蔵さんは喧嘩にはめっぽう強かったけど、おなごには押しの弱いところがあったさかいなぁ」

どちらかというと平蔵はすぐに情にほだされ、一人の女にのめりこんでしまう不器用な面があった。

「いまでもおなごで苦労してるんやろか」

そんなよしなしごとに思いをはせていたとき、母屋のほうから、飛び石づたいにぴたぴたと草履を踏んで駆けおりてくる足音がした。

「せんせいよう。お客さんに急病人が出ただで、ちくと診《み》てもらえねぇだか」

この湯宿の女中をしている四十女のおとよの声だった。

やれやれ湯治にきてまで病人を診なくちゃならないのかねと、ぼやきたくなったが、医者だと名乗って泊まっている手前、断るわけにもいかない。

「わかった。どんなあんばいなんだね」

声をかけたら、濡れ縁の障子をガラッと引きあけ、おとよが顔をだした。

「なんでも腰が痛くって座れねぇんだとよ」

「よしよし、いま支度するさかいな」

いそいで荷物のなかから薬箱をだしたが、念のため鍼《はり》も持参することにした。

洪介は道楽者だが父の血をうけついだのだろう。医者としての腕はたしかで、ことに鍼灸《しんきゅう》にかけては父をしのぐという評判だった。

洪介は東の端の離れ部屋で、急病人が泊まっているのはひとつおいた中央の中部屋だった。

庭下駄を突っかけ、中部屋に足を運ぶと、病人の供をしてきた小間使いらしい十五、六の小娘があたふたと迎えに駆けよってきた。

「お手数をおかけして申しわけありません。奥さまがさきほど急に腰痛をおこされまして……」

奥さまと呼ぶところをみると、どうやら病人は相当な家の内儀らしい。

小娘に案内されて部屋に入ってみると、丸髷《まるまげ》の頭を箱枕におしつけた女が躰を海老《えび》のように折り曲げ、むこう向きに寝ていた。

部屋の隅で心配そうに見守っていた出井亭の主人が、

「これは、渕上さま。せっかくご湯治にみえましたのにお手をわずらわせ、申しわけありません」

「かまへん、かまへん。こんなときのための医者や。気にせんでええ」

気さくに手をふると、女の枕元に座って顔をのぞきこんだ。

「腰痛やそうやな」

と問いかけると、女は箱枕におしつけていた顔をよじり、かすかにうなずいてみせた。青く剃りあげた眉根をしかめ、額に脂汗《あぶらあせ》をにじませている。

まだ二十六、七だろうか、思わずゾクリとするような色気のある女だった。

宿の主人によると、女は江戸の紀州屋という材木問屋の内儀で、お須磨という名らしい。

「ともかく箱枕をはずして、うつぶせに寝てください」

そう言うと、お須磨は下女の手を借りて夜具をとり、うつぶせになった。

なめらかな裸身の曲線が白い加賀絹の寝衣にくっきりと浮きだしている。

なんちゅう色っぽい女やろ。

洪介は一瞬、医者であることを忘れかけた。

触診してみると、内臓には異常はなく、痛苦は座骨神経と大腿筋からきているものだと診た。

背骨の下にある腎兪《じんゆ》というツボ、尻のふくらみの上にある膀胱兪《ぼうこうゆ》、太腿の付け根にある承扶《しょうふ》、さらにその下の殷門《いんもん》というツボを両の親指でおしてみた。

お須磨はときどきウッとうめき声をあげたが、かまわず指圧をつづけるうちに痛みがやわらいできたらしく、息遣いも、表情も穏やかになってきた。

「だいぶ効いてきたようですね。すこしは楽になったでしょう」

「は、はい……」

「どうやら腰に疲れがたまっているところに、長旅で足の筋を痛めたようですな。念のために鍼を打っておきましょう」

洪介は小間使いを残し、宿の主人と女中を部屋から出すと、お須磨に鍼を腰に打つから寝衣と湯文字をとるように言った。鍼を打つにはツボのまわりを焼酎で浄めておかなければならないからだ。

お須磨はためらうようすもなく寝衣と湯文字をとると、白い裸身をさらしてうつぶせになった。

枕元の丸行灯の灯りが、お須磨の背中から腰にかけてのなだらかな曲線や、くびれた腰からまろやかに盛りあがる尻のふくらみを鮮やかに照らしだした。

それは、洪介がこれまで見たこともない美しい裸身だった。

三

その翌朝のことである。

白じら明けに目がさめた洪介は朝飯前にひとっ風呂浴びようと、手ぬぐいを肩に下駄をつっかけ、朝霧のただよう庭を横切って露天風呂に向かった。

露天風呂は庭のはずれの細い小道をおりたところにある。

洪介が小道をくだりかけたときである。

「ようも、そのようなことを……聞く耳もちませぬ」

低いなかにも凛としたひびきのある女の声が、朝のしじまを破って洪介の耳に伝わってきた。

のどかな湯宿にはなじまない鋭い声に、洪介の足がハタととまった。

声のしたほうを目で探ると、庭のまわりに生い茂る林のなかに人影がふたつ向かいあっているのが見えた。

林のなかは薄暗く、ふたりの足元には朝霧が白くまといついているが、ひとりはまぎれもなく女だった。丸髷を結いあげ、白地に藍の江戸小紋をあしらった小袖を着ている。

「あれは……」

顔ははっきりとは見えないが、お須磨だと洪介は思った。

向かいあっているのは見るからに屈強な男で、腰に両刀を帯びている。髪は惣髪で、足を左右にわけられる裁着袴《たっつけばかま》をはいていた。

男は懐手をしたまま、低い声でなにやら反論しているらしいが、露天風呂の湯口からそそがれる湯音にさえぎられ、男の声は洪介の耳には届かなった。

「兄上は、あなたとちがって立派な武士でした」

お須磨の声は澄んでいて、よく透る。

ふたりの関係はよくわからないが、どうやら、お須磨の兄にかかわりがあるらしい。気配は険しいが、お須磨のきめつけるような高飛車な口ぶりからすると刃傷沙汰になるようなことはなさそうだ。

なにを言い争っているのか知りたい気もしたが、立ち聞きをしていることがわかれば、男のほうは怒ってなにをしでかすかしれたものではない。

君子危うきに近寄らずと、洪介はそっと足音をしのばせて小道をくだり、露天風呂に向かった。

「あの女……いったい何者なんや」

湯につかりながら洪介は首をひねった。

江戸の材木問屋の内儀だと宿の主人は言ったが、話しぶりからすると、お須磨は武家の出のような気がした。

惣髪の侍は身なりからして主持ちの武士ではなく、浪人者だろう。

よく旅装に用いられる裁着袴をはいていたところをみると、この宿に泊まっていたわけではなく、お須磨を訪ねてきたようだった。

なにやら深いわけがありそうだが、どっちにしろあまりかかわらないほうがよさそうだと思った。

「それにしても、いい女だったなぁ……」

昨夜、目にしたお須磨のまぶしい裸身を思いうかべて溜息をついた。

もし、あのおなごが人妻でなかったら……。

「ほっとけんやろな……」

そんな不届きな妄想にふけっていたとき、湯気のむこうの岩棚に白い影がふわりと動いた。

お須磨が小袖を脱ぎ捨てているところだとわかって、洪介の胸は高鳴った。

お、これは……。

とんだ眼福になるぞと、洪介は湯壺の岩陰に隠れてようすをうかがった。

湯煙にもやっている洗い場の岩棚に腰をかがめたお須磨は掛け湯を使うと、ためらうようすもなく、すらりとのびた足をのばして湯に入ってきた。

お須磨は岩陰に身を沈めている洪介のほうを見ると、おどろくようすもなく艶っぽい笑みを投げかけてきた。

「ま、渕上さま。……ゆうべはありがとうございました」

「は、もう、痛みはとれましたか」

「はい。おかげさまで、すっかり……」

お須磨は片手で軽く乳房をおさえ、洪介のほうに近づいてきた。

腰の豊かさにくらべると乳房はやや小ぶりで、子を産んだことがないとみえ、娘のような張りがあった。指のあいだからのぞいている乳首もちいさく淡い鳶色《とびいろ》をしている。胴は細くくびれていたが腰まわりは厚みがあり、股間のふくらみを覆う茂みは黒ぐろとした猛々しい剛毛だった。

出井亭の湯は澄みきった透明泉である。

お須磨の太腿が湯のなかに青じろくゆらいで見える。

湯治場はどこでも混浴が習わしだから、お須磨がたじろぐことなく湯に入ってきたのはあたりまえのことだが、こうも大胆に近づいてこられると目のやり場に困る。

ことにそれが並の女ならともかく、生身《なまみ》の観音さまのような美女ときてはたまったものではない。

「お、お須磨さん……」

洪介が柄にもなくたじろいで、かすれ声になったときである。お須磨がしなやかに双の腕をのばし、洪介のうなじに巻きつけてきた。

「あ……」

「なにもおっしゃいますな。こうして湯宿でめぐりあうのも一期一会《いちごいちえ》……よいではありませぬか」

きれいに剃りあげた眉が、青あおと煙るようにもやっている。

あ、あかん。このひとは人妻やないか……。

かすかな自制心が脳裏をよぎったとき、お須磨はふわりと腰を浮かせ、湯のなかであぐらをかいていた洪介の太腿にまろやかな尻をのせてきた。

「……うっ!?」

唇が洪介の口をふさぎ、舌が口を割って侵入してきた。

熱い吐息が耳朶《じだ》をなぶり、唇が洪介の口を吸いあげる。

舌と舌をからませつつ、乳房を胸におしつけてくる。

舌が蛭《ひる》のようにまつわりつき、洪介の胸におしつぶされた乳房は手毬《てまり》のような弾力があった。

やがて、お須磨はゆっくりと躰をよじると後ろ向きになって背中を洪介にあずけてきた。まろやかな尻が洪介のあぐらのなかにすっぽりとおさまり、しなやかな指が洪介の腹を這いおりて怒張したものをてのひらでつつみこみ、楽しむようにもてあそびはじめた。

この女は……。

見た目の品のよさとは裏腹の淫婦《いんぷ》にちがいないと思ったが、洪介の五感はこらえようもない官能の坩堝《るつぼ》に呑みこまれていった。

第五章　鬼門《きもん》の巣窟《そうくつ》

一

「あの屋敷か……」

北町奉行所の定町廻り同心斧田晋吾《おのだしんご》は二階の障子窓の破れ目から十間（約十八メートル）先にある広大な屋敷を見おろし、目をしゃくってみせた。

「へい。なんでも稲葉掃部助《いなばかもんのすけ》さまの別邸だそうで……」

長年、斧田の耳目として働いている岡っ引きの常吉がおおきくうなずいた。

「なにぃ、稲葉掃部助さま、の……」

斧田は目をひんむいて常吉をふりむいた。

「まちげぇねぇんだろうな」

「あっしも、まさかと思いやしたよ」

「ふうむ……」

唸り声をあげて斧田は障子窓から離れると、羽織の裾をまくりあげて火桶のそばにどっかとあぐらをかいた。

「ちっ！　こいつぁ、どえれぇことになりやがったぜ」

火箸をグサッと灰に突き刺し、斧田は渋い顔になった。

「下手すると、おいらコレもんだぜ」

ハッシと首根っ子を片手でたたいてみせた。

稲葉掃部助忠恒《ただつね》は禄高三千石の大身旗本というだけではなく、幕府の作事奉行をつとめる公儀重職の座にある。

作事奉行は幕府の工事一切を取り仕切る大役で、格式も高く、大目付、町奉行、勘定奉行などとおなじく諸大夫に列せられ、役高二千石を拝領する。

元高の三千石とあわせると五千石という高禄になる。旗本にとっては垂涎《すいぜん》の役職だった。それればかりか稲葉掃部助は、安房館山の領主である稲葉越中守の血筋につらなる名門でもある。

八丁堀の同心では逆立ちしても手をつけることができない相手だ。

「どうしやすね、旦那」

「なにがだ……」

「いえね、藪蛇にならねぇよう、ここは知らぬ顔の半兵衛をきめこんで、おとなしく頬っかぶりしとく手じゃござんせんか」

「ばかやろう！　おれのキンタマはそんなにヤワじゃねぇや。けっ、作事奉行がこわくって八丁堀がつとまるかい」

「へへっ、そうこなくっちゃスッポンの看板が泣きまさぁ」

「ちっ、妙なおだてかたするんじゃねぇ」

スッポンというのは斧田晋吾の仇名《あだな》である。獲物に食らいついたらとことんあきらめないしぶとさが斧田にはある。

「おい、そろそろ腹が北山になってきやがった。親爺にいって猪鍋《ししなべ》と酒を二、三本つけさせろ」

「合点で……おい、留《とめ》！」

部屋の隅で煙草盆《タバコぼん》を引きつけ、鼻からプカスカ安煙草をふかしていた下っ引きの留松が、打てばひびくで、

「へいっ」

ポンと煙管《きせる》の雁首を煙草盆にたたきつけ、威勢よく階段を駆けおりていった。

留松の本業は桶屋の職人だが、博打《ばくち》で御用になるところを常吉に目こぼしをしてもらうかわりに下っ引きをつとめるようになった。機転がきいて骨惜しみしないところを買われ、いまでは常吉の片腕になっている。

三人が見張りに使っている店は田所町にある猪《いのしし》や鹿の鍋物で評判の「もんじゃ」の二階で、ここの主人も博打に手をだして危うく伝馬町の牢送りになるところを常吉の口利きで難を逃れたという恩があるから、常吉の頼みならたいがいのことは二つ返事で引きうけてくれる。

夏場は隅田川でとれる鮎《あゆ》や鰻《うなぎ》などの川魚料理を商っているが、いまは猪と鹿の肉が売り物になっている。猪は精がつくというので大店《おおだな》の主人や大身の武家もけっこうお忍びでくるらしい。

斧田は本町の薬種問屋「肥前屋」を襲った凶賊と神谷平蔵に闇討ちをしかけた一味が一つ穴のむじなではないかとみて、配下の岡っ引きの尻をたたき、探索をつづけていたのだ。

それが昨日になって、留松がうさん臭い浪人が出入りしている屋敷があるというので出張ってきたら、とんでもない大物にぶちあたってしまったのである。

「うさんくせぇ浪人たぁ、どんな連中なんだ。まさか稲葉さまの家人《けにん》じゃねぇんだろうな」

「とんでもねぇ。あの屋敷にゃ男っ気といやぁ、留守居役らしい耳の遠い七十ぐれぇの爺さんと門番の中間《ちゅうげん》が二人に使いっぱしりの下男ぐれぇのもんで、あとは掃除洗濯に台所働きの女中が三、四人、それに女中たちの目付役の口うるせぇ婆さんがいるだけですよ」

「ははぁ、浪人どもが溜まり場にするにゃもってこいの屋敷だな」

「へい。はじめは賭場でもひらいてやがるのかと思いやしたがね。そういう気配はまるっきりありやせん」

　大名の下屋敷や大身旗本の別邸はめったに使われることがないうえ、町方役人には手がつけられないのにつけこんで、渡り者の中間が留守居役に袖の下をかまして賭場を開帳していることが多い。

「ふうむ。その使いっぱしりの下男あたりに、ちょいと鼻薬かまして探りをいれてみちゃどうなんだ」

「それが利くくれぇなら苦労しやせんや」

「そんな石頭なのか」

「いえね、銭がどうこうじゃなく、なんか妙に怖がってるとみましたね」

「女中はどうなんでぇ。買い物ぐれぇにゃ出るだろう」

「いえ、入り用の物はご用聞きから仕入れるようで、めったに外にゃ出てきやがらねぇ。干し物をしているのはちょくちょく見かけやすがね」

「どんな女だい」

「なかにゃちょいと踏める上玉もいるようですね」

「中間はどうなんだ。別邸の中間なんざ渡り者と相場はきまってるぜ」

「これが二人ともひと癖もふた癖もありそうな連中で、たたけばホコリのひとつやふたつは出てきそうな野郎ですよ」

「ふうむ。いよいよ臭いな」

斧田は獲物を嗅ぎつけた猟犬のような目になった。

「よし、腹ごしらえしたら下っ引きをかき集めろ。四六時中、屋敷の出入りに目を光らせて、出てくるやつがいたら、あとをつけさせてみねぇ。屋敷のなかには踏みこめねぇが、一歩外へ出やがったらこっちのもんだ。おかしな真似しやがったら容赦しねぇ」

「わかりやした」

そこへ下から親爺が七輪にかけたままの猪鍋《ししなべ》を女中に運ばせてあがってきた。

猪の肉汁をたっぷり吸いこんでグツグツ煮立っている葱の匂いが空きっ腹にドスンとこたえる。

「お、うまそうな匂いだぜ」

「そりゃ、なんたってシシを食ったら爺さんもピンコシャンコ色気づくっていうくらいですからね」

「じゃ、スッポンのおれが、シシを食ったらどうなるんでぇ」

常吉、にんまりした。

「そりゃきまってまさぁ。ご新造さんが大喜びなすって、朝まで寝かしちゃもらえねぇでしょうよ。なぁ、留」

「へへへ、明日の朝はお天道さまが黄色く見えるんじゃねぇんですか」

「ばかやろう。おれの女房はな、もう四十に手がとどこうって大年増だぜ。いまさらピンコシャンコでもあるめぇよ」

「あれ、女は三十させごろ四十しごろっていいますぜ」

「なにぃ……」

斧田は苦虫を嚙みつぶしたような顔になった。

「くだらねぇことほざいてやがると張ったおすぞ」

二

稲葉家の別邸の敷地はおよそ千坪、周囲に土塀をめぐらせ、中間《ちゆうげん》や小者が住まう長屋門から母屋の玄関まで敷石の道がつづいていた。

母屋のほかに屋敷内には茶室や蔵があり、いくつもの長屋棟がある。

東の長屋棟の前にある築山に弓に使う的が立ててある。

筒袖に半袴をつけた小柄な若者が二十間（約三十六メートル）あまり離れたところから短剣を投げていた。

両手にもった短剣をつづけざまに連打している。

鞭《むち》のようにしなう細い手首から繰りだされる短剣は陽光を吸って空を切り、ピシッと乾いた音を立てて的に突き刺さる。

細い三日月眉、鋭く切れあがった目尻、険はあるが、色小姓にでもなりそうな端整な容貌をしている。

「スウミン。あいかわらずみごとなもんだな」

無紋の黒の袷《あわせ》を着流し、脇差しを帯びた浪人が腕組みをしたまま、のそりと歩みよってきた。

「退屈しのぎにしちゃ、ばかに気合いが入ってるな」

スウミンはじろりと睨みつけた。

「退屈してるのはそっちだろ」

「ふふ、このところ頭目が留守で身をもてあましてるんじゃないのか」

スウミンの腕から銀蛇が走り、浪人の耳元をかすめて背後の長屋の板壁にグサッと突き刺さった。

「なにをしやがる！　おれに喧嘩《けんか》を売る気か」

「目ン玉つぶされてもいいんなら、いつでも相手になってやるよ」

冷笑するとスウミンはサッと身をひるがえし、母屋のほうに立ち去った。

「くそっ！」

底光りのする眼でスウミンを見送った浪人のうしろから、仲間の浪人が嘲笑いながら近づいてきた。

「よせよせ、水沼」

「おう、岡野か……」

「毒蛇にちょっかいだすと、ろくなことはないぞ。それより深川八幡のつっぷし芸者でも買いにいかんか」

「つっぷし芸者ってのはなんだ」

「ま、いいから、ついてこい。百聞は一見にしかずだ」

岡野があごをしゃくってうながした。

つっぷし芸者というのは泥酔したふりをして座敷着のままで客に抱かれる転び芸者のことで、刺激があっておもしろいと客の遊心をそそっていた。

江戸に数ある岡場所のなかでも、とりわけ「婀娜《あだ》な女は深川、いなせな女は神田」と相場がきまっていた。婀娜な女とは艶っぽい女、色っぽい女のことで、いなせな女とは勇み肌で、おきゃんな女をさす。

深川にはそれだけ艶所《えんしょ》がそろっていたのである。


そのころ、スウミンは母屋の内風呂で水をかぶっていた。

スウミンは湯船につかることはめったになく、真冬でも手桶で水を汲みだしては頭からかぶる。

いつもは肌襦袢をつけたまま水を浴びるが、この日はむしゃくしゃしていたのか素っ裸になって浴びていた。

きりっとひきしまった細身だが、胸の乳房が椀をふせたように形よくふくらんでいる。尻は少年のようだが、股間の丘には和毛《にこげ》が渦を巻いてもやっていた。皮膚は透きとおるように白く、腹から太腿にかけての肉づきには女盛りの脂がのっている。髪は短く切りつめ、惣髪にしているから見た目は男のようだが、スウミンは女であった。

スウミンは先夜の襲撃で、これまで一度もしくじったことがない必殺の飛剣を神谷平蔵にかわされてしまったことが悔しくてならなかった。

何杯も水を浴びるうちにスウミンの肌には湯気がたちのぼり、血の気がさしてくるにつれ、ほんのり桜色に色づいてきた。スウミンの下腹部に二寸大の鮮紅色の花が鮮やかに浮かびあがってきた。

体温があがると浮かびあがってくる隠し彫りの刺青《いれずみ》であった。

花は和毛の渦巻く茂みのなかから咲きだしたように見える。

白く艶やかな腹のふくらみにくっきりと浮きあがった紅い大輪の花はなんとも妖しく、淫靡《いんび》でもあった。

スウミンはその花弁をいとおしむように指でなぞりつつ、澄んだ声で異国の唄を口ずさみはじめた。口ずさみながら洗い場にゆっくり仰臥すると、和毛の茂みを指でかきわけ、いとしげに愛撫しはじめた。

スウミンの双眸に霞がかかり、緩慢だった指の動きが、しだいにせわしなくなってきた。太腿の筋肉がきゅっとひきしまり、爪先がくの字に曲がった。

腰を激しく突きあげたスウミンは鋭い叫び声をほとばしらせると、全身を弓なりにそらせつつ痙攣《けいれん》を繰り返した。

しばらくして気怠《けだる》く躰を起こしたスウミンは左手を胸にあてると、右手の指で十字を切り、天に祈りを捧げるかのように双眸をとじた。

三

そろそろ七つ半（午後五時）、逢魔《おうま》が時である。

客が立てこみはじめた「もんじや」の平土間の一隅に四人の男が煮詰まりかけた猪鍋をかこんで酒を飲んでいた。

股引《ももひき》に半纏がけの職人、坊主頭に着流しの目明き按摩《あんま》、菅笠をかぶったままの紙屑買い、壁に石見《いわみ》銀山の旗を立てかけた鼠取りの薬売りという日銭《ひぜに》稼ぎの雑多な男たちだ。

股引は甚六、目明き按摩は彦市、紙屑買いは弥吉、石見銀山は藤次郎。いずれも本所の常吉が使っている下っ引きである。それぞれ博打や空き巣、賽銭《さいせん》泥棒などの軽罪を目こぼしされて常吉の下っ引きになった連中である。

むろん十手はもらえないが、聞き込みや尾行、ときには捕り物にも駆り出されては小遣いにありつくのである。こういう下っ引きをうまく使うことで江戸の治安は維持されているともいえる。

ふいに階段からトントンと足音がおりてきて本所の常吉が顔を見せると、四人に向かって目をしゃくった。

「おい、甚六。それに彦市も、いってもらおうか……」

股引に半纏がけの男と、目明き按摩がうなずいて腰をあげた。

常吉が雪駄を突っかけて表に出ると、二十間あまり前を行く小柄な若者を目で追いながら、店から出てきた甚六と彦市に耳打ちした。

「あの裁着袴《たつつけばかま》だ。どこへ行くか突き止めるだけでいい。まちがっても深入りはするんじゃねぇぜ」

そう言うと常吉は二人の手に二朱金をつかませた。

「旦那からの足代だ。うまくやれよ」

甚六と彦市はにんまりすると、なれた足取りで若者のあとを追っていった。

「へっ、まだ皮もむけてねぇような若僧じゃねぇか」

甚六が鼻でせせら笑った。

「あれで女郎買いにでも行くつもりかね」

「けど二本差してますぜ」

「なに、鞘《さや》のなかは竹光じゃねぇのかい。とにかく、おれが先に行くから彦さんはあとからきてくんねぇ」

甚六は足を早めて裁着袴の二本差しを追った。

彦市はそれが商売道具の杖をつきながら、ゆっくりと甚六のあとをついていったが、笛は吹かなかった。尾行の途中で客に呼びとめられたら面倒だからだ。

筒袖に裁着袴の若者は短く切りつめた惣髪を後ろで束ね、無造作に元結いで結んでいる。スウミンであった。

きりっとした美貌に通りすがりの女が気をとられてふりかえるが、スウミンはしゃきっと背筋をのばし、よそ見もせずに郡代屋敷の前を通り抜けると両国橋を渡って回向院《えこういん》に向かった。

数十歩離れて甚六が、さらに後ろから彦市が杖をつきながらついていった。

尾行はお手のものの二人である。甚六はスウミンの背中を見失わぬよう、そして彦市は甚六の後ろ姿から目を離さずについていく。

回向院の境内の鬱蒼《うっそう》とした樹木が夕空に黒ぐろとそびえている。

スウミンは迷うようすもなく、回向院の境内に入っていった。

夕闇が濃くなりかけたこの時刻、境内には人影どころか、野良犬一匹見あたらなかった。

スウミンの姿は本堂の後ろに消えた。

「あいつ、どこに行きやがるんだろう……」

甚六は首をかしげながら小走りにあとを追った。

相手が小柄な色小姓のような若僧だけに、甚六は「深入りはするな」という常吉の言葉を忘れてしまっていた。

本堂の裏に消えた甚六を見て、彦市はあわてた。

なにやら薄っ気味悪くもあったが、甚六をおいて帰るわけにもいかない。

彦市は薄闇に目を凝らせつつ本堂の後ろにまわりこんだ。

甚六の姿が見えないのに彦市は焦った。野良犬の遠吠えがするだけだ。

「甚六さん……」

小声で呼んでみたが返事がない。頭上で梟《ふくろう》の鳴く声がした。

恐怖が彦市をつつみこんだ。杖を頼りにあとずさりしようとしたとき、足がぐにゃりとした物を踏みつけた。

「ひいっ……」

飛びすさった彦市の足元で目を見ひらいて死んでいる甚六の顔が見えた。

杖を投げだし逃げようとした彦市の前にスウミンが立ちはだかった。

「奉行所のイヌだね」

スウミンは唇をゆがめると彦市に襲いかかった。

短剣が彦市の咽を容赦なくかき切った。

バサッと音がして、梟が一羽、夜空をかすめて飛びさった。

四

太腿の傷は歩けるようになるには十日はかかるだろうという瀬川道玄の診断だったが、平蔵の回復力はおどろくほど早く、七日で包帯がとれた。

「やはり剣で鍛えた躰は常人とはちがうようじゃ」

往診にきてくれた道玄が感嘆した。

「これも、ご新造の看病の賜物《たまもの》じゃろうが、平蔵どのの辛抱も実ったのであろうよ。もう心配はあるまい」

道玄は褒《ほ》めてくれたが、夜ごと睦みあっていた二人はなんともくすぐったい。

ただ、歩けるようになったものの、傷口が完治したわけではないから湯治ならともかく湯屋は禁物で、からだを浄めたかったら土間で行水を使えという。

まだ文乃のことを佐十郎に話していない平蔵としては、いつまでも文乃をとどめておくのも気がさす。道玄が帰ったあと、一度、屋敷にもどったほうがいいと文乃に言ってみたが、

「いいえ。まだ、おひとりで何もかもできるとは思えませぬ。しばらくはおいていただきます」

そう言うと、さっさと洗濯にかかってしまった。

一度言いだしたら挺子《てこ》でもきかないところが文乃にはある。

今日の文乃は唐桟縞《とうざんじま》の着物に襷《たすき》がけ、丸髷に赤い椿の花をあしらった簪《かんざし》をさしていた。どこから見ても町場の女である。

椿の花はポロリと首が落ちると言って武家では嫌われるが、文乃は花を咲かせ

ていさぎよく落ちて散るところが好きだと言う。文乃らしいと思った。

どちらにしろ、いまの平蔵に縁起かつぎも武家の体面もない。

それに歩けるようになったとはいえ、小便に通うぐらいはいいが、せまい後架のなかで膝を折ってしゃがみこむと腿の傷が疼いて、出るものも出なくなる。

やむをえず源助が造ってくれた坐箱に腰をかけ、坐箱の中に置いた御虎子にひりだしている始末だ。

行水にしても文乃がいなかったら、自分で湯を沸かして盥《たらい》につかるなどという面倒なことはしないだろう。

人というのは一度ふたり暮らしをしてしまうと、独り暮らしにはもどりたくなくなるものらしい。

それはさておき、いつまでも診療を休んではいられなかった。

なんといっても、診療所が平蔵の飯の種である。

いまは佐十郎や藩侯からの見舞金で懐中はあたたかいが、そろそろ本業に身をいれないと飯の食いあげになる。

看板の釘にかけておいた休診のめじるしの瓢簞《ひょうたん》はずした途端に、およしが待ちかまえていたようにやってきた。

「よかったよう、せんせい。もう、お腹《なか》の子がいまにも飛びだしてきそうなんだからね」

「わかった、わかった。もう心配はいらんぞ」

およしは初産にもかかわらず、すこぶる順調で乳房もたっぷりと張りだし、乳首もおおきくなっている。

「ほう、しぼれば乳が出てきそうだな」

「ふふふ、うちのバカもそう言っちゃ、おれにも吸わせろなんてふざけたことを言うんですよ」

「いいじゃないか。ためしに吸わせてやったらどうだ」

「よしてくださいよ、ばかばかしい」

文乃がかいがいしく腹帯を巻きとってやると、およしの腹は満月のようにふくらんでいた。

腹に手をあて、しばらく胎内から伝わってくる赤子の動きをたしかめた平蔵はおおきくうなずいた。

「なかなか元気そうだ。もうすこしだから頑張るんだぞ」

「ようございましたね。およしさん」

文乃が新しい晒しを、およしの腹に巻きはじめた。

「このところ、うちのバカが、やたらとつつきまくるもんだからハラハラしてるんですよ」

「ま……お仲がよろしいこと」

文乃がくすっと笑った。

なにしろ板壁一枚の隣である。源助とおよしの営みはあたりかまわずだから、手にとるように気配は伝わってくる。

「よしてくださいよ。仲がいいんじゃなくて、うちのがしつこいだけ」

およしが口をとがらせた。

「いいじゃないか。浮気する亭主より、腹ぼての女房をかまいにくる亭主のほうがずんと可愛いだろう」

「いやだ、あんなちょうちんふぐのどこが可愛いもんですか」

およしは手をふってぶつ真似をするとからかうような目になった。

「おい、ちょうちんふぐはなかろうが」

平蔵、いちおう、たしなめてみたが、言われてみると源助のしもぶくれした頬のあたりは提灯のようでもあり、河豚《ふぐ》に似ていなくもない。

女房も年季が入ってくると辛辣《しんらつ》なことを言うもんだと源助に同情した。

「それより、せんせいのほうはどうなんです。ぐずぐずしてると文乃さまに逃げられちまいますよ」

「こら……」

「ふふふ、いまのところは仲がよくってよござんすけどね。このせんせいは、糸の切れた凧《たこ》とおんなじで、いつどこに飛んでいくやらわかりゃしないんだから、文乃さまも目を離しちゃだめですよ」

なにしろ、隣には夜ごとの睦みあいが筒抜けだから始末に悪い。

さっさと追い返して手を洗っていると、斧田同心が常吉をしたがえてあらわれた。いつになく険しい表情だった。

「なにかあったらしいな」

「うむ。ゆうべ、下っ引きが二人殺《や》られてね」

「なに……」

五

とにかく奥の居間に通して、斧田と常吉から話を聞いた。
常吉の配下の下っ引きで甚六と彦市という男を尾行に出したところ、今朝にな
って回向院裏で殺されていたのがわかったのだという。
「ふうむ。稲葉掃部助《かもんのすけ》の別邸から出てきたやつを尾《つ》けていった下っ引きが殺られ
たというのか」
「ああ、下手人は当たりがついているし、居所もわかってるんだがね。殺しの現
場を見ていたやつがいるわけじゃねぇ。かといって、旗本屋敷じゃ踏みこんでし
ょっぴいてくることもできねぇ。こうなると八丁堀も形なしだ」
めずらしく斧田は太い溜息をもらした。
平蔵とのかかわりが深くなってきたせいか、斧田もざっくばらんな口をきくよ
うになった。
「それにしても、わからんな。作事奉行がなんだって盗人とかかわりがあるんだ。
貧乏御家人なら金に目がくらんで片棒をかつぐこともないとはいえんが、稲葉掃

部助といや、五千石の大身だぞ。おまけに作事奉行ともなれば袖の下も多い。蔵には小判がうなってるはずだがな」

「うむ。合点のいかねぇのも、そこでね」

斧田は十手で肩をたたきながら平蔵を目ですくいあげた。

「どうかな。ひとつ駿河台の兄者に動いてはもらえまいか」

「ううん！　なにせ兄者は無類の慎重居士《こじ》だからな。よほど明白な証しでもあれば別だが……」

平蔵、渋い目になって口を濁した。

兄の忠利は旗本を監察する目付である。理非曲直をただす剛直な気性の男だが、官僚だけに保身の術《すべ》も心得ている。同心の目星だけで動くとは思えなかった。

「そうだ。兄者の部下に味村《あじむら》という腕ききの徒目付《かちめつけ》がいる。この男なら力になってくれるかもしれんな」

「ほう、そりゃ……」

斧田はすぐさま膝をのりだしてきた。

「御徒目付だろうがなんだろうが、こうなったら藁にでもすがりたいところだ。

ひとつ、よしなに頼みいる」

「おれが味村どのに文を書くから、それをもって訪ねてみてはどうかな」

「そいつはありがたい。ぜひ、お願いする」

めずらしく斧田が神妙に頭までさげてみせた。

どんぐり眼に獅子っ鼻の味村武兵衛の顔を思いだしつつ筆をとったものの、果たして味村が手を貸してくれるかどうか自信はなかった。徒目付の職務は御目見《おめみ》得《え》以下の御家人の監察が本分である。五千石の大身旗本で作事奉行の要職にある人物の探索は筋ちがいと、はねつけられないともかぎらない。

ほんとうなら、こういう探索は忍びを得意とする黒鍬者《くろくわもの》のおもんのほうが向いていると思ったが、おもんは文乃にはあまり会わせたくない女のひとりだった。

「じつはね、神谷さん……」

斧田が台所にいる文乃にチラと目を走らせると膝をのりだし、声をひそめた。

「ゆうべ、殺られた二人の傷口をあらためたら、どうも神谷さんが手こずった短剣投げとおなじ野郎の仕業のような気がするのさ」

「まちがいないのか」

「ああ、彦市ってぇのは咽をスパッと斬られて殺られてたが、もう一人の甚六のほうは心ノ臓をグサッと刺されていた。それも、おれが見たところじゃ、ありゃ手で突き刺した傷じゃない。まっすぐ飛んできた刃物が突き刺さったとしか思えない」

「飛剣、か……」

「甚六がつけていったやつは小柄な若僧だったから、大柄な甚六を刺したら傷口は下から腹を狙う格好になるはずだ」

これまで数えきれないほど死体を見てきた斧田が断言した。

「しかも、傷は両刃の刃物にまちがいない」

斧田は懐中から晒しにつつんだ青龍剣をとりだした。

「とくりゃ、こいつってことになる」

腕組みして青龍剣を見つめた。

先夜、闇を縫って飛来してきた禍《まが》まがしい光芒が瞼《まぶた》によみがえってきた。

「まちがいない。下手人はあのときの曲者の一味だな」

「これで糸口はひとつにしぼれる。あとは稲葉掃部助と、やつらがどういうつながりがあるかだ」

斧田の目にようやく同心らしい鋭い光がもどってきた。

第六章　夢幻観音

一

平蔵は半月ぶりに亀湯の暖簾《のれん》をくぐった。

「あら、せんせい、おひさしぶりね」

番台から看板娘のお亀が目を丸くして迎えてくれた。

「うむ、ちょいと足を傷めてな。おとなしく家でおねんねしてたのさ」

「どうだか怪しいな」

「ん？　どういうことだ」

「ふふふ、なんでも、せんせいはきれいなご新造さんをもらって、毎日しんねこなんですってね」

お亀は娘らしからぬ蓮っぱな口をきいて、コロコロと笑った。

まだ婿とり前のひとり娘だが、父親が亡くなってからは躰の弱い母親にかわって亀湯をささえている気丈者である。

年中番台に座って男の裸を見なれているせいか、年増のような口をきくが、気性がさっぱりしているから客には人気がある。

「おい、しんねこってどういうことかわかってるのか」

「それくらい知ってますよ。あれあれのれの字が消える新所帯《あらじょたい》、なぁんてね」

「そんなバレ句をむやみと口にするな。婿の来手がなくなるぞ」

「いいですよ。バレ句ぐらいで目くじらたてるような男と所帯もったってつまらないもの、こっちからおことわり」

お亀はあっけらかんと笑い飛ばした。

このところ江戸ではバレ句が町人のあいだではやりだしていた。

俳人松尾芭蕉の出現で、古来の三十一文字の和歌よりも、五七五の俳句のほうがとっつきがよく耳になじみやすいせいか、元禄以来、武士のあいだでも俳諧を嗜《たしな》むものがふえてきた。

いっぽうで洒落《しゃれ》っけを好む江戸っ子は、俳諧の殻をぶち破り、なまなましい男女の艶事をタネにした発句をバレ句と呼んで、もてはやすようになっていた。バレ句のバレは、ばらすとか、暴れるなどのように、型破りなものをさすところからきたものらしい。

いわばバレ句は幕府のご禁制と、大商人の財力の狭間で日々の暮らしにあえぐ町人たちの、せめてもの憂さ晴らしの楽しみと言えなくもなかった。

詠み人しらずで、湯屋や髪結床のように人のあつまるところから口づたえでひろがっていたのである。

まだ四つ（午前十時）すぎで、男湯はガラガラだった。

懸け湯を浴びて柘榴口《ざくろぐち》をくぐり湯船につかると、生き返ったような気分になった。

隅のほうに職人髷の男が二人いた。湯気でかすんでいるが、どちらも顔見知りの政吉と平太という畳職人だった。

日銭稼ぎの職人が朝湯とはめずらしいなと眺めていると、二人は上機嫌でおだをあげていた。

「なぁ、おい。一人頭二貫文の心付けたぁ、気前がいいぜ」

「まったくよ。盆と正月がいっぺんきたみてぇなもんだ。蕎麦《そば》でもたぐって腹ごしらえしてから深川あたりに繰りだすとするか」

「おれは築地の垢掻《あかか》き女のほうが婀娜《あだ》っぽくていいなぁ。こう蒸し風呂のなかで赤い湯文字をたくしあげて白い内股をチラチラさせた湯女《ゆな》をからかいながら品さだめするのも乙なもんじゃねぇか」

「いいねぇ、湯女も。……あら、おにぃさん、いい道具をおもちだねぇなぁんて色目なんか使いやがってよ、ククク ッ」

朝っぱら、なんともしまらない声をあげている。

垢掻き女というのは、神田界隈の丹前風呂がご禁制になり、湯女が築地の蒸し風呂にうつっただけのことで、風呂あがりのチョンの間遊びに変わりはない。

「おい、政吉。そんなでかい声をあげてると女風呂に筒抜けだぞ」

「あ、せんせい……」

「湯女遊びもいいが、かみさんの耳にはいったらタダじゃすまんぞ」

「へっ、おどかさねぇでくださいよ」

「それにしても二貫文の心付けとはオンの字じゃないか。四日分の日当が丸儲けってわけだ」

「へへへ、嬶《かか》ぁにゃないしょに頼みますよ」

「わかってるよ。それにしても気前のいい話だな」

「ですがね、なんたって畳八十枚の張り替えを五日であげてくれってんですからきりきり舞いしやしたよ」

「ほう、よほどの大店《おおだな》だな」

「そりゃもう、本両替町の駿河屋ですからね」

「ああ、駿河屋なら金に糸目はつけないだろうな」

駿河屋は江戸でも屈指の両替商である。職人の手間賃など、目糞鼻糞にもあたらないはずだ。

「何人がかりでやったんだ」

「はじめは三人だったんですがね。銀次ってぇ新入りが二日目からこなくなっちまって、この平太と二人っきりでやっつけちまいましたよ」

「二人で八十枚か、そいつは大変だったろう」

「そりゃもう、明け六つ（午前六時）から店じまいの四つ（午後十時）まで、飯もろくすっぽ食ってる暇なんかありやせんやね。なぁ平太」

「へへ、おれは一人もんですからかまやしませんがね。政吉あにぃのかみさんなんか、仕事だなんて嘘ついて、しこしこ夜遊びにいってんじゃねぇかって角はやして大変だったらしいですよ」

「ふふふ、その分、これから築地にいってうめあわせしようってわけか」

「へへへ、ま、そういうことで」

「それにしても、二日目から顔出さなくなった銀次って新入りは、職人の風上にもおけけんやつだな」

「まったくでさ。それも親方んところにきたばっかりで、駿河屋が初仕事だったんですぜ」

「ははぁ、そりゃまだ駆け出しの職人だったんじゃないのか」

「とんでもねぇ。初日は一丁前に仕事をこなしてましたよ。渡り者だが腕はいいと親方も言ってましたからね」

「じゃ、根っから仕事嫌いの怠け者だったのかな」

「いいえ、それが怠け者にしちゃ仕事は早いし、手抜きするようなこともなかったんですがね」

「どうもわからんな」

「昨日、親方が野郎の長屋にいってみたら、大家にもだんまりで、どこかに引っ越しちまったてぇから、もしかすると前科《まえ》もちか、凶状もちか、脛《すね》に傷もつ野郎だったんじゃねぇですかい」

「ケツに火がつきそうになったんで、風を食らって高飛びしたってことか」

「ま、そういうことじゃねぇのかな」

うさん臭い話だが、一介の町医者にすぎない平蔵にはかかわりのないことである。

そこへ提灯張りの由造が柘榴口から入ってきて、目敏く平蔵を見つけて近づいてきた。

「せんせい。ついさっき、井筒屋のご隠居さんがぎっくり腰になったてんで担ぎこまれてきやしたよ」

「なに、治平さんが……」

平蔵、ザブッと湯船から腰をあげた。

「よし、すぐもどる」

二

治平は小間物を商う井筒屋の隠居で、平蔵はかつて娘のお品とわりない仲になったことがある。

お品は一度婿取りをして佐吉という子までもうけたが、婿が道楽者なので離縁して、井筒屋の内儀《おかみ》として店をしきっていた。平蔵より一つ年上だけに気配りもよく、年増とは思えない心根の可愛い女だった。

ただ、お品はどこまでも井筒屋の内儀として店を守らなければならないし、佐吉のこともある。そのお品に惚れたのが、小間物問屋の次男で新之助という若者だった。お品より年は下だが、人柄もよく、佐吉もなついていた。お品と平蔵の仲を承知のうえの求婚とわかり、平蔵は身をひいたのである。

父親の治平は六十路をすぎているが、お豊という女の面倒を見て、可愛がっているという達者な爺さまだった。

「まさか治平さん、お豊さんを可愛がりすぎて腰を痛めたんじゃあるまいな」

苦笑しながら長屋の木戸を小走りにくぐると、井戸端で洗濯をしていたむかいの女房のおきんが、

「治平さんならだいじょうぶですよ。いま、せんせいのお友達が代わりに治療なさってますからね」

「なんだって……」

どういうことかと、首をひねりながら引き戸をあけると、台所から文乃が駆け

「亀湯にお迎えにいこうかと思っていたら、ちょうど大坂から渕上さまが訪ねていらっしゃって……」

「おお、洪介が来たのか……」

治療室の引き戸をあけると、板の間に腹這いになった治平の腰に鍼《はり》を打っていた渕上洪介が、人なつっこい笑顔をふりむけた。

「やぁ、平蔵さん。勝手に代診を買って出たよ」

治平のそばに座っていた新之助が深ぶかと頭をさげた。

どうやら婿の新之助が、舅の治平を背負ってきたものらしい。

「せんせい……」

腹這いのまま、治平が心細げに平蔵を見あげた。

「このお方が、ぎっくり腰には鍼が一番効くとおっしゃいますので……」

「ああ、そのとおりだ。この男の鍼の腕は免許皆伝ものだからな。おれの指圧よりずんと効くから心配はいらんよ」

「は、はい……」

まだ治平は不安なようすだったが、洪介の鍼は的確にツボに打たれている。

ツボを探っていた洪介が首をひねって治平の顔をのぞきこんだ。

「お爺さん、ちょっと腎ノ臓が弱ってるみたいですな」

「え……」

平蔵、ニヤリとした。

「洪介。このおひとは二十五も年下のおなごを囲っていてな、可愛くてしかたがないのさ。腎ノ臓もそのあたりからきてるんじゃないかな」

「せ、せんせい、そんな……」

治平、年甲斐もなく顔を赤らめた。

「ははぁ、二十五も年下のおなごはんを……そりゃえらい。りっぱなもんや」

洪介が大袈裟にもちあげたものだから、治平は亀の子のように首をすくめた。

「お恥ずかしいことで……」

「なにを言うてはる。おなごは男の生き甲斐や。みな人の愛《め》づるは五味《ごみ》の外《ほか》の味《あじ》……なんとも、江戸のおひとはうまいことを言いますな」

「え……へ、へい」

どうやらバレ句には縁がないらしい治平がきょとんとするのを見て、平蔵は苦笑した。

「おい、洪介。江戸についたばかりのくせに、どこで、そんな句を聞きかじったんだ」

「なに、一昨日、川崎宿の旅籠《はたご》で泊まりあわせた小間物の担ぎ売りからしこんだばかりだよ」

洪介、にやりとすると、医者らしく治平にひと釘さした。

「けどな、お爺さん。死ぬまでおなごを可愛がりたかったら、自分の躰も可愛がらんとあかん。二十五も下ちゅうと、三十路《みそじ》のおなごはんやろ」

「はい、今年で三十六になりますが……」

「ほう、そら女盛りもええとこや。まともに相手してたらたまらんわ。おまんまやないけど、三度のところを二度にひかえるようにせんと命取りになりますよ」

「え……そんな、脅かさんといてください」

「いま、精のつくように腎のツボに鍼《はり》を打っときます。そう心配しなさんな」

「は、はい。ありがとうございます」

「年なんか気にせんと、せいぜい気張りなさい。好いたおなごで討ち死にしたら男の本望やないですか」

「せ、せんせい、う、討ち死にやなんてそんな……」

うしろで二人のやりとりを聞いていた文乃が、懸命に笑いを嚙みころしていた。

手際よく鍼を打ちおえた洪介が、ポンと治平の背中をたたき、

「さ……これで、もうええやろ。立ってみなさい」

「は、はい……」

おそるおそる立ちあがってみた治平の顔が笑みくずれた。

「これは、おどろきましたな。鍼がこんなに効くとは思ってもいなかった」

三

治平が帰ったあと、文乃が手早く用意してくれた酒肴の膳をはさんで平蔵と洪介は四年ぶりの旧交を温めあった。

あきれたことに洪介は東海道をくだるのに四十日もかかったという。

「どこをうろちょろしていたんだ。十日飛脚なら、らくに二往復はするぞ」

「そうは言うがね、急ぐ旅でもなし、所、所によっておなごも変わる。これがこたえられんのや」

「ふふ、まだ懲《こ》りずに千人斬りをつづけているのか」

「ははは、こらまいったな。あれは長崎にいたころ、若気のいたりで、つい口がすべっただけや」

「ほう、せっかくの大望悲願はあきらめたのか」

「なに、おなごは数やないと悟っただけや」

「おい。坊主みたいな口をきくな。洪介らしくもないぞ」

「そうやない。おなごはええもんやが、怖いもんやということがわかってきただけのことや」

「ははぁ、おぼこに手をだして泣きつかれでもしたか」

「じょうだんやない。言うとくけどな、平蔵さん。おれは嫌がるおなごを追いかけたことはいっぺんもないし、泣かせるような殺生なことはしてへん」

「だったら、怖がることはあるまいが」

「そういう怖さとは、またちがう。ま、いうたら、おなごの情の深さやな」

「ふふ、さては情にからまれて駆け落ちか、心中でもせまられたか」

「かなわんな、そないにからまれたら参るがな」

洪介、にが笑いして、

「おれが言うのは、色事が好きなんは男だけやない。おなごもおんなじやということなんや」

「あたりまえじゃないか。いまさらのことを言うな」

「そうは言うがね。若いころのおれは、いうたら、おなごの気持ちなんぞ、そっちのけやったんや」

「まぁ、な。若いうちはだれでもそうだろう」

「けど、それでは情の深さ、味わいはわからん」

洪介は台所の文乃にちらっと目をやると、声をひそめた。

「させたいとしたいは目で言い目で答え……色事にも阿吽《あうん》の呼吸ちゅうもんがなかったらあかん。ま、ここが色事のツボやろな」

いくら声をひそめたところで、台所の文乃の耳に入らないわけがない。

俎板《まないた》で菜っ葉をコトコトきざんでいた文乃が包丁の手をとめ、口を袖口でおさえて笑いを噛みころしているのが見えた。

「ふふ、それも薬売りから仕入れたのか」

「いや、これは品川の遊郭の女郎から仕入れたんや」

「おい、おまえは江戸にバレ句をしこみにきたのか。それじゃ仕送りしてくれる親父どのが嘆くぞ」

「平蔵さん、町医者は下情に通じるのも大事やで……バレ句を粗末にしたらあかん。バレ句も俳諧のひとつや。団十郎かてずいぶんと俳諧に凝って、柏筵《はくえん》とかいう俳号までもってるそうやないか」

「言うこともわかるが、バレ句も俳諧のうちだといったら、芭蕉翁や其角宗匠《きかくそうしょう》が嘆くだろうよ」

「おれはそうは思わんな。だいたいが、世間のおおかたは芭蕉翁みたいに松島や最上川の絶景なんぞも見ることなしに、死ぬまで生まれた在所に住み暮らして生きるしかないんやで。……ま、井の中の蛙《かわず》にはちがいないけど、一寸の虫にも五分の魂、蛙にも憂さ晴らしがなかったら生まれてきた甲斐がないやろう」

たしかに洪介は大坂という商都に生まれただけあって、商人や職人の心情をよく知っている。

「な、平蔵さん。俳諧の諧というのは諧謔《かいぎゃく》の意味あいもあるんや。おもしろかったら、それはそれでええやないか。おもしろうて、おまけに艶っぽいバレ句はだれにでもようわかるんや」

文乃が鮭の氷頭《ひず》に大根と人参の千切りを和えた膾《なます》を運んでくると、平蔵のうしろに座って洪介の話に耳をかたむけた。

「こむずかしい風流の世界はわからんでも、色事はだれでも楽しいもんやし、それをネタにしたからというて腹を立てる野暮なやつはおらんやろ」

しゃべりながら氷頭の膾を口に運んだ洪介は、

「お、これは珍味やな。うん、こらうまい！　ご新造、このコリコリッとしたやつはなんですか」

ご新造とよばれて気恥ずかしいのか、文乃はまぶしそうな目で答えた。

「鮭の鼻骨で、国では氷頭と申しておりますが」

「ひず、ですか。……ふうむ、これはいける」

「お口にあいましたか」

「いやいや、食は上方にかぎるなんてのは嘘ですな。うむ、これはうまい」

昔から食い物にはうるさかった洪介も満足そうに舌鼓をうった。

四

伊勢町に堺屋という公事宿《くじやど》がある。

そこの主人平右衛門は洪介の父の丹庵の友人で、当分はそこに滞在することになっているという。

見送りがてら、夕暮れどきの十軒店《じゆっけんだな》まで肩をならべて歩いていった。

「平蔵さん。文乃さんはええなぁ」

洪介はおおきくうなずいた。

「別嬪《べっぴん》さんというだけやない。うまい食いもんを手ぎわようつくって、さらりと出す。なかなかでけんことやで。さいごに出してもろたシジミの味噌汁なんか天下一品やった。あれは鰹節だけやのうて昆布の出汁《だし》も使うたるんや」

「ふうん、そういうもんかねぇ」

「大坂ではな、うまいもんをつくる女房は宝もんと言うんや」

「大坂は食い道楽の町だからな」

「生きる楽しみは食いもんとまぐわいにつきる。それに、ええ芝居でも観られたら言うことなしや」

「洪介らしいな」

「そうや、平蔵さんは紀州屋という材木問屋を知ってるか」

「ああ、紀州屋なら幕府の御用商人になってめきめき頭角をのばしてきた豪商だ。なんでも内儀がたいそうな美人で、寝たきりの主人にかわって店をしきっているという評判だよ」

「それや……」

洪介がはたと足をとめた。

「平蔵さん、四半刻でええ。ちょっとつきおうてんか」

そう言うと、十軒店の路地の入り口にある赤提灯の居酒屋に平蔵をつれこんだ。

まだ宵の口で平土間は空いていた。

二人は隅の樽椅子に腰をかけ、酒と店の売り物の味噌おでんを頼んだ。

「どうしたんだ、洪介。紀州屋がどうかしたのか」

「ん、うん……」

洪介は生返事すると、声をひそめた。

「実はな……その紀州屋の内儀と、熱海の湯宿で知りおうたんや」

「ははぁ、どうやら、ただ知りあったというだけじゃなさそうだな」

「それがな、誘うてきたんはむこうのほうやったんや」

洪介から熱海の湯宿でのいきさつを聞いて平蔵は啞然とした。

「まさか、あれだけの大店の内儀が、そんな大胆な真似を……」

「それだけなら、まだええ。大奥の御殿女中が役者買いするご時世や。寝たきりの亭主かかえて商いの采配ふるうくらいの内儀なら、湯宿で浮気ごころのひとつぐらいだしても不思議はないからな」

「ま、そりゃそうだが……」

「おれがおどろいたんは、そんなことやない」

「その妙な浪人者のことか」

「それもある。……けど、あの内儀が武家の出なら縁者に浪人者がいてもおかしくはないやろ」

「まだ、ほかに何かあるのか」

「うむ。……その、お須磨というおなごはな、ここんとこに刺青《いれずみ》があったんや」

洪介は下腹を手でおさえて、ささやいた。

「刺青……」

「それも、隠し彫りちゅうやつでな。からだが温《ぬく》もってくるにつれて浮きだしてきたんや。真っ赤な薔薇《ばら》の花やったな」

「薔薇の、刺青か……」

「そうや。平蔵さんも長崎の唐人屋敷に飾ってあった大輪の薔薇の絵を見たやろ。オランダ人の絵描きが描いたちゅう真っ赤な薔薇の絵や」

「うむ。なんでもむこうではロウザと言われていると聞いたな」

「それや。長春薔薇《ちようしゆんばら》や野薔薇よりずっと花びらが大きくて、きれいやった」

薔薇は「しょうび」とも「そうび」ともいう。野薔薇は日本の山野に自生するが、南蛮渡りの薔薇は観賞用として造られ、珍重されているということだった。

「そら、きれいなもんやったで。……真っ白な肌に燃えるような紅色の薔薇や。息を呑むほどきれいやった」

「その内儀、ただものじゃないぞ。刺青なんてものは素人女が彫るもんじゃない。まして、武家や、まっとうな商人の内儀が刺青などいれるわけがなかろう」

「そうやろ。……おれも、あとから考えたら怖くなってきてな。いまになってみると、あれは悪夢やったと思いたいくらいや」

洪介はそのときの記憶をふりはらうかのように盃をぐいと飲みほした。

「まぁ、そう気にするな。なにやら曰くはありそうだが、どんな人間にでも隠したい秘密はあるもんだ。紀州屋の内儀にも世間に知られたくない秘密があるんだろうが、それを、いちいちほじくりかえすこともなかろう」

平蔵は笑って徳利をさしだした。

「ま、飲め。飲んで忘れてしまえ」

「ん、うむ……」

「これからは、まちがっても人の女房には手をだすなよ。江戸の女は気が強いのが多いからな。下手をするとブスッとやられかねんぞ」

「平蔵さん……」

「ふふ、そう心配するな。むこうだって旅の恥は掻き捨てのつもりの浮気だろう。ま、どこかで顔をあわせても知らんふりでやり過ごすことだ」

「けど、ほんまに、ええおなごやったなぁ。なにやら生身の観音さまを抱いてるような気がしたわ」

「こいつ……」

「ふふ、ふ」

第七章　もつれた糸

一

桑山佐十郎がひいきにしている料理屋「真砂《まさご》」は、小網町の裏通りの湯屋からふたつ目の路地をまがったところにある。

黒板塀にかこまれた内部は常緑樹がこんもりと枝葉を茂らせていて、瓦屋根がかすかに見えるだけだ。

釣瓶《つるべ》落としの西日が、その瓦屋根に照り映えていた。

七つ半（午後五時）、路地には夕闇がただよいはじめている。

玄関には置き行灯も、門札もない。料理屋というよりは人目を忍ぶ隠れ宿といった感がしないでもない。

平蔵は檜《ひのき》の柾目材《まさめざい》を使った格子組《こうしぐ》みの引き戸をあけ、打ち水にしっとり濡れている敷石を踏んで奥に向かった。

式台の前に立って訪《おとな》いをいれると、待っていたように廊下に手燭の灯りがさして、裾《すそ》模様《もよう》の座敷着にきりっと繻子《しゅす》の帯を腰高にしめた姿のいい女が迎え出た。

「おひさしぶりでございます」

「や、おもん……」

平蔵はまぶしげな目でまじまじと見返した。

「まだ、ここにいたのか」

「まだとは、ご挨拶ですこと……」

おもんは切れ長の双眸《そうぼう》で睨《にら》むと、くすっと笑った。

どこから見ても料理屋の女としか見えないが、ときには黒装束に身をつつみ、修羅場で刃をふるうこともある、公儀黒鍬組《くろくわぐみ》の手練《てだ》れの女忍びなのだ。

大名や旗本の屋敷に潜入したり、鳥追い女や夜鷹に化けて探索に動いたり、

「さ、どうぞ。桑山さまがお待ちかねでございますよ」

おもんにうながされ、平蔵は草履をぬいで式台にあがった。

今日はいつもの着流しではなく、大島紬に仙台平の袴をつけ、腰には両刀をたばさんでいる。

文乃のことでは桑山佐十郎にいちおう借りがある。身なりだけはきちんとなされませ、と文乃に言われたからだ。

「よく、お似合いですこと……」

おもんが片膝をついたまま平蔵を見あげると、からかうような目でほほえみかけてきた。

手燭をかざし、案内に立つ、おもんの形のいい尻が平蔵の目にはなんとも面映ゆい。たがいにその場かぎりのことと割りきってのこととはいえ、おもんとは狂おしい一夜を過ごしたことがある。窮地を何度も助けられているし、修羅場をともにくぐりぬけた仲でもある。

だが、おもんのほうは、そんなことなど露知らぬように澄ましている。

それどころか、黒鍬者の手練れであることなど微塵も感じさせず、あくまでも真砂の女中頭になりきっている。

なんとも不思議な女だ。

その鮮やかな変身ぶりには舌を巻かざるをえない。

二

「おお、来たか……待ちかねたぞ」

平蔵が座敷に足を踏みいれると、女将《おかみ》のおとわを相手に酒を飲んでいた桑山佐十郎が破顔して見迎えた。

「もう、怪我のほうは大事ないのか」

「うむ。いろいろと気遣《きづこ》うてもろうて助かった。礼を言う」

「なにを言う。おぬしにはわが藩もこれまでずいぶんと助けられている。礼など水臭いことを申すな」

ひらひらと掌をふると、佐十郎ははやばやと、女たちに話がすむまで席をはずすように言った。

「ともあれ、全快祝いだ。一杯いこう」

酒をすすめ、佐十郎は笑みをふくんだ目をすくいあげた。

「どうやら、壺中の天をひとり占めにする気になったようだな」

「うむ。そのことだが……」

文乃を妻に申しうけたいと告げると、佐十郎はあっさりとうなずいた。

「ふふ、神谷もついに年貢をおさめる気になったか」

「なんとも面目ない。なにやら、貴公からの大事なあずかりものを略奪したようで心苦しいが……」

「なんの、詫びるにはおよばぬよ」

佐十郎は気さくに手をふった。

「文乃はめったな男に心を許すようなおなごではない。あれは、とうから、きさまに惚れておったのよ」

ぐいと盃の酒を飲みほすと佐十郎は膝をくずし、あぐらをかいて扇子で拍子をとりつつ端唄《はうた》を口ずさんでみせた。

「好いたお方と差し向かい、解かざぁなるまい繻子《しゅす》の帯……と、まぁこういうことだろうよ」

「佐十郎……」

「ふふふ、文乃がきさまの看病をしたいと言いだしたときから、いずれはこうなるだろうと思っておった。言ってみりゃ、おれがけしかけたようなものだ」

そう言うと佐十郎は身をのりだした。

「ただ、なんというても文乃は磐根藩士の娘でもあり、年老いた母親もおる。おれからも口添えはするが、一度は国元に帰さずばなるまいな」

「もとより、そのつもりだ」

「母親はおれの叔母御で穏やかな人柄だが、兄の静馬は藩でも無類の堅物で知られた男だから、一筋縄ではいかぬぞ」

「兄者のことは聞いている。相当な臍《へそ》まがりらしいな」

「うん。なにせ、かつて不縁になった相手が静馬の上役だったゆえ、そのことで、いまだに文乃には腹を立てておるからの。素直にうんと言うか、どうか……」

「もし、こじれるようなら、おれが磐根に行って会うつもりでいる」

「よせよせ、きさまが行けばかえってこじれかねん。きさまや、おれとはまるで肌合いのちがう男だからな。ここは文乃にまかせておいたほうがいい」

「しかし……」

「なに、文乃は芯の強いおなごだよ。なにせ、嫁ぎ先からもどったきり、あの偏屈者の兄に真っ向から逆らいとおしたほどの気丈者だからな」

　ふふふと佐十郎はふくみ笑いした。

「あれは淑《しと》やかな見かけによらず、なかなかに手強いおなごだ。きさまも覚悟しておいたほうがいいぞ」

その片鱗は、すでに見えていると、平蔵、内心で苦笑した。

「ま、来春、雪解けのころにでも帰国させるんだな。それまでは宿さがりということで阿波屋に名目預けにしておこう」

名目預けとは屋敷内の体裁をつくろうだけで、いまのまま黙認するということである。

「いいのか、それで……」

「なに、できてしまったものを無理にはがすわけにもいくまいさ。それに文乃は藩邸とはかかわりのない桑山家の家人だからな。だれにも文句は言わさぬ」

「すまん……」

「よせよ。おれときさまの仲ではないか」

桑山佐十郎はぐいと酒を飲みほし、

「ところでな……」

と身をのりだした。

「例の曲者の一件だが、昨日、国元の伊沢東吾から文が届いた」

「ああ、あの徒目付の……」

平蔵は磐根で一度会ったことがある、いかにも国侍らしい伊沢東吾の頬骨の高い顔を思いうかべた。

「伊沢が調べたところによると、遠州屋は取りつぶされ、雇っていた船頭や水夫は大坂の回船問屋にすべて引き取られ、用心棒の浪人どもはいずこともなく四散して行方もわからんそうだ」

「徒党を組んで藩に報復しようなどという気配はないということか」

「まず、な。銭で飼われていたような輩だからな、金主がいなくなればそれきりということなんじゃないか」

「倉岡大膳の一味や、船形どのの一党はどうなった」

「あれらの残党は根こそぎ一掃したはずだ。多少は残っているかも知れんが、盟主を失えば牙を抜かれた痩せ犬のようなもんでな。いまさら、なにか画策したところではじまるまいよ」

「つまりは国元には火種はないということだな」

「東吾はそう見ておるようだの」

「ふうむ。そうなると磐根藩とは別口ということか……」

「とはいえ、藩内には常に不平不満をいだいている者がいるものだ。ご安泰というわけにはいかんことはたしかだがね」

「厄介なものだな」

「ああ、ご政道というのは厄介なものさ。幕府も、諸藩もおなじようなものさ。権力という甘い汁にたかろうとする輩はどこにでもいる」

「権力、か……」

平蔵は口をゆがめて吐き捨てた。

「それが、世の中で一番始末に悪い」

「町方で医者をして生きるほうがずんと気楽でいい。できれば、おれが代わりたいくらいのものだ」

「ばかを言え。いつ食えなくなるかも知れんという身になってみろ。そんな呑気なことは言っておれんぞ」

「なに公儀直参も、諸藩の家臣もひとつまちがえば禄を失う。食禄を失った侍は陸《おか》にあがった河童のようなものよ。直参も陪臣も侍とは名のみで、士魂などもちあわせているやつはめっきりすくなくなった。それにくらべりゃ、きさまは医術というれっきとした看板がある」

「いささか怪しい看板だがね」

「いや、きさまは当節の腑ぬけ侍とはちがって烈々たる士魂の持ち主だ。にもかかわらず、あえて町医者として市井に身を投じた。文乃はそういう生き方に惚れたのではないかな」

「よせよせ、それは買いかぶりというもんだ。おれは裃《かみしも》つけて城勤めするのが性にあわんというだけの、ぐうたらにすぎんよ」

「ふふ、まぁいい。とにかく文乃を可愛がってやってくれ。あれは武家娘にはめずらしく跳ねっかえりなところがあるからな。きさまのような男でのうてはおさまらん女だ」

「おい、跳ねっかえりはなかろうが」

「跳ねっかえりが気にいらなきゃ、おきゃんだ」

「おい……」

　失笑したが、ともあれ文乃のことを佐十郎に打ち明けたことで肩の荷をおろした気分になった。

三

その夜、平蔵は五つ（午後八時）すぎに真砂を出た。

荒布橋《あらめばし》のほうに向かいかけたとき、うしろから小走りに下駄の音がしたかと思うと、おもんが並びかけてきた。

「神谷さま。その路地を右にまがってくださいまし」

ささやくと、おもんは小走りに先に立って路地を右に折れた。

おもんのようすには、なにやら密事《みそかごと》の気配がする。

「…………」

ちらっと前後に目を走らせてから、平蔵はおもんが消えた路地に入った。

路地の奥で串田楽の提灯《ちょうちん》が闇ににじんでいたが、おもんの姿はなかった。

間口二間あまりの田楽屋の戸障子をあけてのぞいてみると、隅の樽椅子に腰をかけていたおもんが目で笑いかけてきた。

「どういうことだ」

隣の樽椅子に腰をおろすと、おもんがくすっと笑い、耳元でささやいた。

「だいじょうぶですよ。まさか抱いてくださいなんて申しませんから……」

白髪頭のぶすっとした親爺が串田楽の皿と二合徳利に盃をふたつ運んできた。

おもんは二朱銀をひとつ握らせ、

「おじさん、あとはいいから……」

そうささやくと親爺はこっくりとうなずいて、表の提灯の灯を消し、戸障子に心張り棒をかけてしまった。

柱の懸け行灯の灯りをひとつ残し、親爺は無言で奥にひっこんでしまった。

「さ、どうぞ、おひとつ……」

おもんは盃をとって平蔵に渡すと、徳利を手にすすめた。

「うむ……」

「神谷さま……」

おもんは樽椅子の膝をよじって平蔵に身をすりよせ、真顔になった。

「先夜、闇討ちをしかけてきた曲者が作事奉行の稲葉掃部助《かもんのすけ》の別邸にひそんでいるそうですね」

「そうか、味村どのから聞いたのだな」

斧田から味村に伝えたことが、おもんの耳にも入ったのだろう。

「ことは公儀の威信にもかかわることゆえ、お目付も案じておられます」

「では、兄者の耳にも入ったというわけか……」

「もとより、お目付の指示がなければ、味村さまもわたくしも動くわけにはまいりませぬ」

兄の忠利は旗本を監察する目付の任にある。

「作事奉行といえば公儀役職のなかでも大目付や町奉行につぐ要職。万が一、僻《ひが》事《ごと》があれば公儀の威信にもかかわることゆえ、このことは桑山さまには内密にしていただきます」

公儀御用を務める身だけあって、おもんはびしりと釘をさしてきた。

「わかった。口外はせぬ」

苦笑した平蔵を目ですくいあげるようにして、おもんはくすっと笑った。

「どうやら、お兄上が煙たいごようすですね」

「まぁ、おれがような気楽とんぼとはちがって、兄者は無類の堅物だからな」

「だからこそ、お目付になられたのではございませぬか」

「たしかに、な」

目付は監察を任務とするから公正無私の人柄をもとめられる。兄の忠利にはうってつけの役と言える。

おもんは皿から串田楽を二本つまむと一本を平蔵にさしだした。

「召しあがりませぬか。ここの田楽は味噌がおいしゅうございますよ」

そう言うと、おもんはゆでた小芋に味噌をつけ、串焼きにした田楽をつましく口に運んだ。

うながされるままに平蔵も口にしたが、ほどよく焦げた山椒味噌が香ばしくてうまい。

「うむ。これはいける」

「ここの豆腐田楽もなかなかのものでございますよ」

「豆腐田楽か。そりゃうまそうだ」

うまい食い物を口にすると、ひとは口数がすくなくなる。

ふたりはしばらく串田楽をぱくつくことに専念した。

やがて、おもんは懐紙で唇についた味噌をぬぐいとると、

「どうやら稲葉掃部助は長崎奉行を望んでいるらしく、しきりに老中方や幕閣の要路に働きかけているようです」

おもんは作事奉行の要職にある稲葉掃部助を容赦なく呼び捨てにしている。す

でに掃部助の不正をつかんでいるということなのだろう。

「長崎奉行、か。……猟官にはうってつけの役職だな」

「ご存じのように旗本にとって長崎奉行はだれもが望まれる垂涎《すいぜん》のお役目ゆえ、並大抵のことではかないますまい」

「つまりは賄賂《わいろ》次第ということか」

平蔵は苦い目になった。

万事が金の世の中である。うまみのある役職につくためには賄賂を使うことが当然のことのように横行している。

「耳にしたところによりますと、長崎奉行で三千両、長崎代官は千両ということですが、長崎奉行は目付からえらばれるのが通例ですので、もし作事奉行の掃部助さまが望まれるとなれば三千両では無理でございましょうね」

長崎港は鎖国のなかにあって唯一、オランダや清国などの異国との貿易の窓口であることから、幕府の直轄地になっている。その行政府の長官である長崎奉行には莫大な余禄がある。そのため、いくら賄賂を使っても間尺にあうと言われていた。

「作事奉行もたっぷりと袖の下が入る役職だからな。それでしこしこ溜めこんだ

「いいえ、金に汚い人間は一度ふところに入った金は出したがらぬものです。わたくしが探索しましたところによりますと、掃部助の金蔓《かねづる》は紀州屋にほぼまちがいありませぬ」

「なに」

平蔵はまじまじとおもんを見つめた。

「材木問屋の、紀州屋か……」

「それが、なにか」

「いや……」

平蔵は口を濁した。

まさか友人の渕上洪介が、その紀州屋の内儀と熱海の湯宿で……などと言うわけにもいかない。

「なんでも紀州屋は内儀が万事仕切っていると聞いたが」

「よう、ご存じですこと」

おもんは不審そうな目をしたが、深くは追及しなかった。

「お須磨という内儀は一枚絵にもなるほどの美人ですが、商いでもなかなかのやり手らしく、火事で身代を焼け肥《ぶと》りさせたそうでございますよ」

「なに……焼け肥りだと」

「ええ。先年、浅草の花川戸から出火し、本所、深川にまで飛び火した大火がございましたでしょう」

「ああ、あのときは小網町にも飛び火せぬかとやきもきしたものだ」

「あの火事の前に紀州屋はあちこちの山から大量の材木を買いつけていて大儲けしたそうですよ」

「おい、もしかすると、その火事は……」

おもんはおおきくうなずいた。

「迂闊《うかつ》なことは言えませぬが、付け火ということもないとは言えませぬ」

「おい。その付け火、掃部助の別邸にかくまわれておる輩の仕業ではないのか」

「あの者らが別邸に居ついたのは最近のことのようですから、それはちがうかもしれませんが、紀州屋と掃部助が結託しているとすれば、付け火という疑いはありえないこととは申せませせぬ」

失火でも重罪である。ましてや放火となれば磔柱《たっちゅう》にかけられ火炙《ひあぶ》りの刑に処せられる。よほどの悪党でなければできないことだ。

そこにさらに、肥前屋を皆殺しにしたほどの凶賊がからんでくるとしたら……。

「藪《やぶ》をついて蛇どころか、虎でも出てきそうなあんばいだな」

「虎の穴には、狼の群れも巣くっておりますよ」

平蔵は憮然として徳利を手にとったが、酒はすっかり冷めてしまっていた。

土間からしんしんと底冷えが這いのぼってきた。

四

虎の穴には狼が二匹、身をもてあましてくすぼっていた。

一匹は越後浪人の水沼新兵衛、もう一匹は房州浪人の岡野宗助、いずれも侍とは名ばかりの、人殺し、辻斬り、恐喝、なんでもござれのごろつき浪人だ。

二人は上州館林《たてばやし》の賭場で知り合って意気投合し、賭場荒らしや強請《ゆすり》たかりで食いつなぎながら今年の春、江戸深川に流れついた。貧乏道場の食客になってごろごろしていたとき、一味の頭目から声をかけられ、三十両という支度金に目がくらんで一味にくわわったのだ。

仲間のなかには金で雇われた浪人者が何人かいたが、ほかは抜け荷船（密輸船）

に乗り組んでいた海の荒くれ者のようだった。

岡野はおなじワルでも要領よく立ち回るほうだが、水沼はすぐ頭に血のぼせるところがある。

先頃も頭目につぐ存在であるスウミンに突っかかり、鼻であしらわれたのをいまだに根にもっていた。

おまけにスウミンが尾行された下っ引きを二人とも回向院裏に誘いこんで殺害して以来、頭目から外出禁止令が出た。

町奉行所の探索の目がめっきり厳しくなってきたからだが、外出禁止は半月あまりもつづいている。

「くそおもしろくもない」

水沼新兵衛は頭目から割りふられた長屋棟の一室で、朝っぱらから相棒の岡野宗助と茶碗酒を飲みながら憤懣をぶちまけていた。

「だいたいが下っ引きを殺《や》ったのはスウミンじゃないか。そのとばっちりで、われらまで外に出るなじゃ割りがあわん。あれだけの大仕事をやったというのに女も抱けんとはどういうことだ」

「ま、そうむくれるな」

火桶に手をかざしていた岡野が、いささかもてあまし気味になだめた。

「ここにいりゃ八丁堀の手もとどかぬ。おまけに酒と飯には困らんし、寒空にふるえることもない。そのうち、これまでの仕事の分け前をまとめてもらえる約束になっているんだ。まず二、三百両は堅いだろうよ。そうなりゃ十年はらくに遊んで暮らせるんだぞ」

「ちっ！　おれは十年先のことなどどうでもよい。三日も女を抱かんと寝つきが悪いというのに、もう十日も白粉首の匂いも嗅いでおらん」

「ふふふ、そのうちゲップが出るほど抱けるさ」

「そうは言うが、だいたいが肥前屋をやったときの千九百両はどうなったんだ。ええ、当座の小遣いだと二十両もらったきりだぞ。間尺にあわんじゃないか」

「そうかな。おれたちが二人で四十両の金を稼いだことなど、これまで一度もなかったじゃないか。たかだか十両か五両のあぶく銭を手にいれて逃げまわるだけだ。また、あんな暮らしにもどりたいのか。ん？」

　そう言われると水沼はぶすっと黙りこんでしまった。

「それにくらべりゃ、ここの頭目はきちっと下調べをすませておいてから一気にことを運ぶ。蔵に金がいくら眠っているか、住み込みの奉公人は何人か、すべて調べておいてから押し込み、一人残らず皆殺しにして引きあげるから、面は割れないし、おまけにここにもぐりこめば八丁堀の手もとどかん。いわば濡れ手に粟の二十両だ。おれは悪くはないと思うがね」

「う、うむ」

「な、どうでも女が抱きたきゃ、ひとつ夜這いでもかけてみんか」

「夜這いだと……」

むくりと水沼が鎌首をもたげた。

「……ここの女中、にか」

「そうよ。あの、お福という女中なんぞ、ふっくりと尻つきもよし、乳もたっぷりしておる。あれなら、しめごたえがありそうだと思わんか」

「ふうむ、お福か……」

お福というのは女中のなかでも年若だし、なかなかの器量よしである。

「しかし女中部屋は母屋の奥にあるし、ほかの女中も寝ておる。這いこんでも、うまくはいきそうもないぞ」

「ふふふ、こっちから出向かんでもむこうからやってくるのを待つだけでいい」

「そりゃ、どういうことだ」

「おい、ちくと耳を貸せ……」

岡野が火桶の灰に火箸を突き刺すと、水沼の耳に口をよせた。

「……な、な、どうだ。これならうまくいくだろうが」

「しかし、下手に騒がれて声でもだされたら面倒だぞ」

「なぁに、たかが小娘、おさえこんでしまえばこっちのものよ。だいたいが屋敷奉公の女中などというものは男ひでりでうずうずしておるもんだ。ふたりがかりで可愛がるのも乙なもんだぞ」

「ふうむ。ふたりがかりで、か。……それも一興だな」

水沼の眼がギラギラとかがやいてきた。

くすぶっていた餓狼の獣心に火がついたのである。

五

屋敷の母屋《おもや》と長屋棟は渡り廊下でつながっていて、内厠《うちかわや》は母屋の端にある。

五つ（午後八時）ごろ、二匹の狼は渡り廊下をぬけて、母屋の端にある納戸部屋に忍びこんだ。

めったに使われることのない高足膳や、客用の座布団などが置かれている。

水沼と岡野は暗い納戸部屋にうずくまり、持ちこんできた徳利の酒をチビチビと飲みながら廊下を通る足音に耳を澄ませていた。

女中たちの仕事は五つごろには、ほぼおわる。交替で内風呂に入り冷えた躰を温めると、それぞれの寝所にわかれて夜具の支度をととのえ、寝衣に着替え、厠で用をたしてから寝つくのが習慣になっている。

その順番も年の順になっているから、お福はいつも一番あとになることを二人は知っていた。

納戸の戸の隙間から岡野は目の前の廊下を通りすぎていく女中たちの顔をたしかめながら息を殺して待っていた。

「おい、まだか……」

水沼は座布団の山に背をあずけて苛立っていた。

「そう、せくな……そろそろだ」

こういうことになると岡野はおどろくほど辛抱強い。どうやら山中で獲物を待つ猟師のような気分になるらしい。

お福がやってきたのは、四半刻ほどすぎたころだった。

お福は二年前に屋敷奉公にあがって、今年で十九になる。

まさか、物騒な狼が待ちかまえているなどと夢にも思わず、早く寝床にもぐりこもうと急ぎ足で納戸の前を通りすぎていった。

「水沼……」

岡野は声を殺し、水沼を手招きした。

「いま、厠に入ったところだ。いいか、ぬかるなよ」

「よし、まかせておけ」

水沼はふところから手ぬぐいをとりだし、にんまりとうなずいてみせた。

「こういうことには馴れておる」

お福の白い寝衣が厠から出てくるのが見えた。

来たときとおなじように、お福はすこし前かがみになり、小走りで納戸のほうにやってきた。

ふいに納戸の戸があいた。廊下に出てきた水沼を見て、お福がアッと立ちすくんだ途端、水沼の拳が急所の鳩尾《みずおち》に吸いこまれた。

柔術でいう当て身である。これを食らうと、一瞬、呼吸が止まり、失神する。

声をあげる間もなく、お福がぐたっと腰から崩れ落ちかけたところを水沼は素早く抱きとめ、腰をすくいとり、納戸部屋にかつぎこんだ。

納戸の床にころがし、またたく間に手ぬぐいで猿ぐつわをかけた。お福は気を失って身じろぎもしない。

暗い納戸の闇のなかに仰向けになったお福の寝衣の裾が乱れ、白い二布《ふたの》（腰巻き）から娘盛りの太腿がむきだしになっている。

「うふふ、こりゃたまらん」

水沼はごくりと生唾を飲みこむなり、お福のそばに片膝つくと二布を無造作にめくりあげた。

ちいさな天窓からさしこむ星明かりにさらされた女体がほのかに青白くかがやいている。むっちりした太腿の狭間がくろぐろと陰っていた。

「おい、一番槍はおれがつけるぞ」

水沼は着流しの裾をまくりあげ、あわただしく下帯をはずすと、餓狼のごとく女体にむしゃぶりついた。

寝衣の胸をおしはだけ、ぷくりとふくらんだ乳房に髭面をこすりつけたとき、お福が目覚め、恐怖の目を瞠った。

「う、ううっ！」

お福は懸命に両手で水沼の胸を突きはなそうともがいた。

「こいつ！」

舌打ちした水沼が容赦なく当て身をいれた。

お福の躰が海老のように跳ね、ぐにゃりとなった。

「ちっ、手を焼かせやがって」

水沼は舌なめずりすると、お福の腿をおしひろげ、腰を割りこんだ。

「おお、おおっ……こ、こりゃたまらん。上開《うわつき》だ」

水沼は毛むくじゃらの尻をふりたて、ゆっさゆっさと腰を使いはじめた。

お福は死んだようになって水沼の劣情に身をゆだねていたが、やがてハッと目をさまし、狂ったようにもがきはじめた。それが、さらに獣欲をそそるのか、水沼の動きがいっそう激しくなった。

そのとき納戸の戸の隙間に灯りがさし、龕灯提灯《がんどうぢょうちん》を手にした頭目が戸口から踏みこんできた。そのうしろにスウミンの白い顔が見えた。

龕灯提灯の灯りが獣のような水沼の醜悪なさまを照らしだした。

「うっ!?」

水沼の顔が恐怖に凍りついた途端、頭目の腰間から白刃が一閃した。

首を刎《は》ね斬られた水沼の頭がごろりと床にころげ落ちた。

シャーッと噴血が宙に飛散し、頭部を失った水沼の躰がぐらりとかしいで床にどたりと倒れ、お福は全身に血しぶきを浴びて床にほうりだされた。

「ま、まってくれ！　お、おれは……」

岡野が釈明する間もなく、頭目の刃が岡野の胴を両断した。

お福は床にへたりこみ、恐怖に目を見開いたまま石のように固まってしまった。

「……災難だったな」

頭目は血刀を鞘におさめると、お福の前に片膝ついて優しげな声をかけた。

「よいか、このことは口外してはならなんぞ」

ぴたぴたとお福の頬を軽くたたいた。

「まだ嫁入り前だ。傷物にされたなどと噂されたら、親御も嘆くだろう。ま、犬にでも咬まれたと思ってあきらめることだ。よいな」

口は優しげだが、双眸は氷のように冷ややかだった。

お福はふるえながら懸命にうなずいた。

「スウミン。皆の者を辰巳《たつみ》蔵《ぐら》にあつめろ」

「この女はどうするのさ。女の口は禍いのもとだというよ」

「なに、案じることはない。下《しも》の口をふさがれた女は貝のようになるものだ。おのれで傷物にされたと吹聴するばかでもあるまい。おババをよんできて、湯殿でからだを清めさせてやれ」

六

辰巳蔵は屋敷の東南にある。

家人が寝静まった四つ（午後十時）ごろ、屈強な男が十七人、手燭ももたずに長屋棟から抜けだし、無言で辰巳蔵にあつまってきた。

蔵の平土間には龕灯提灯を手にした頭目と、スウミンが待っていた。

頭目の前には白木の桶が二つ置かれていた。

頭数がそろうのを待って頭目が一党を見渡した。

「岡野宗助と水沼新兵衛が掟を破って屋敷の女中を手ごめにかけようとしたゆえ、おれが成敗した」

頭目は刃を抜くと切っ先で白木の桶の蓋《ふた》を跳ねあげた。

桶のなかには切断された岡野と水沼の頭部が据えられていた。

一瞬、かすかなどよめきが流れたが、それも束の間、ざわめきは潮の引くように静まった。

「すこしは役に立つかと思ったが、所詮《しょせん》は流れ者だった。ここに残った者は青龍《チンロン》幇《パン》の強者《つわもの》ばかりだ。われらはいずれ船団を組んで大海原に帰る。それにはまず母港をもたねばならぬ。休息すべき母港をもたぬ船団は海の放浪者にすぎぬ。かつてのように青龍幇の旗印をひるがえし、大海原をおしわたる日も近い」

ふたたび、どよめきが流れた。

それは、さっきのどよめきとはちがい、期待にみちたざわめきだった。

「あとひと稼ぎしたら腕のたつ浪人を集め、船団を組む資金ができよう。すでにつぎの獲物の目星はつけてある。年が明ければ奉行所の監視の目もゆるんでこよう。それまでの辛抱だ。あらためて誓おうぞ。われらに海神のご加護あれ！」

平土間にあつまっていた屈強の男たちがいっせいに立ちあがり、刀を抜いて高だかと掲げた。

「おう、おう、おう！」

低いが腹の底からしぼりだすような声を放ち、たがいに切っ先を重ねあわせた。

暗い土蔵のなかに龕灯の光に刃が青白く映え、鋼と鋼のふれあう音が響いた。

やがて男たちは刃をおさめ、それぞれの寝部屋に引きあげていった。

「……このままじゃまずいね」

暗い目で男たちを見送ったスウミンが、ぼそりとつぶやいた。

「このところ、わたしを見るあいつらの目の色が怪しくなってきてる。女に飢えてるんだよ」

「ほう、よくわかるな」

「だって、わたしがそうだもの」

ふいにスウミンが頭目の首に腕をまわし、口を吸いつけた。

スウミンはしゃにむに頭目の口を吸いながら、片手でせわしなく腰紐をといて半袴を脱ぎ捨てた。

「おい、よせよ。生首が恨めしそうに見ているぞ」

「かまやしないよ。わたしは血を見ると躰が疼《うず》いてくるのさ！」

スウミンは頭目の首に片腕を巻きつけると、そのままゆっくりと床の土間に仰向けになった。

「さ、来ておくれよ！　早く、さ……」

しなやかな足を大胆にひろげると、スウミンは雌猫のように光る目で頭目に誘いかけた。龕灯《がんどう》の灯りにほのかに照らしだされた白い腹に刺青《いれずみ》の薔薇《ばら》の花がうっすらと紅色にうかびあがってきた。

倭寇《わこう》とよばれる日本人海賊が、中国、朝鮮半島の沿岸にさかんに出没した時代はもう終わっていたが、その末裔《まつえい》たちはいまだひそかに暗躍していた。

スウミンは清国の蓬莱島《ほうらいとう》を基地にする海賊花蓮幇《ホワリエンパン》の頭目の娘だったが、倭寇青龍幇との戦いに敗れ、捕虜となった。海賊にとって捕虜は戦利品である。女は売られるか、勝者の奴婢《ぬひ》になるかの運命だが、青龍幇の頭目は、花蓮幇の一党を掌握するため、スウミンに副頭目の座をあたえ、妻にしたのである。

スウミンにとって頭目は初めての男だった。スウミンは頭目から日本の言葉をおぼえ、頭目を愛するようになった。

蓬莱島にはポルトガル人が多く、マリア信徒もすくなくなかった。熱烈なマリア信徒だったスウミンは、頭目への愛の証しとして腹に薔薇の隠し彫りをいれたのである。

隠し彫りの刺青がうかびあがってきたときはスウミンが発情したときである。性欲を恥ずかしいこととは思わない女だ。それをはぐらかすと逆上する。

苦笑いした頭目は両膝をつくと、なめらかな腹に浮かんだ薔薇の刺青を掌でなぞりつつ、黒ぐろとした巻き毛におおわれた茂みに舌をもぐりこませた。

スウミンは満足そうなふくみ笑いをもらし、両足を頭目の顔に巻きつけた。

冷たい平土間を褥《しとね》にくりひろげられる二匹の獣の営みを、桶の生首がふたつ黙って見つめていた。

第八章　亡　霊

一

おかしな患者がふえてきた。

やれ足を挫いただの、腹具合が悪いだのと言うが、だいたいが仮病である。

仕事納めをすませた職人は正月明けまで骨やすめの暇ができるが、所帯もちの男はのんびりするどころか、年の暮れで気が立っている女房から、煤払いや屋根の雨漏りの修理にコキ使われる。

その逃げ口上に仮病を使ってやってくるのだ。

そういう手合いはきまって症状を大袈裟に言うから、すぐにわかる。いちいち、まともに相手をしてはいられないが、女房にコキ使われる亭主の気持ちもわからなくはない。

職人の女房というのは貧乏所帯をやりくりしているだけに気が強い。文句でも言おうものなら、「ろくな稼ぎもないくせに」と咬みつかれる。

「こんなものは怪我のうちに入らん」と突っ放すと、「せんせい、そんな殺生《せっしょう》な。そこをなんとかひとつたのんます」と拝まれる。

よけいな包帯を巻いてやったり、適当な薬を見つくろって調合してやると、大喜びで帰っていく。

初めのうちは文乃も「いまの方は病人のようには見えませぬが」と首をかしげていたが、

「あれは医者の匙《さじ》加減というやつだ。すこし骨休めの手伝いをしてやったようなものだな」

と説明してやると、呆れて吹き出した。

以来「また匙加減の口のようでございますよ」などと耳打ちしては、愛想よく応対するようになった。

かたわら炊事や洗濯に一日中まめまめしく動きまわっている。

「いいねぇ、せんせい。あんな別嬪《べっぴん》さんで働き者のご新造さんなんて、めったにいやしませんよ」

家賃をとりにきた差配《さはい》の六兵衛がえびす顔でほめちぎり、

「よござんすか、男なんてものは女房運のよしあしで吉と出るか凶と出るかがきまるもんです。運を逃がしちゃいけません」

占い師みたいな分別顔で説教して帰っていった。

なにしろ六兵衛はこの長屋の耳目みたいな爺さんである。かつて縫《ぬい》や、お品が毎夜のようにに忍んできていたことを知っているだけに、平蔵もつつしんでうけたまわっておいた。

六兵衛が帰って間もなく、留松が斧田同心の使いでやってきた。

両国の広小路で待っていると言う。患者もひとしきり区切りがついたところだったから、文乃にあとを頼んで出かけることにした。

留松は先に立って足ばやに両国橋を渡り、広小路の繁華街に入った。

橋のたもとには竹本義太夫の浄瑠璃《じょうるり》小屋があり、小屋の前の台の上では客寄せの男が口上にあわせて賑やかに踊っている。

川べりには縁台を並べた茶屋が軒をつらね、赤い前掛けをした茶汲み女が色っぽい腰つきで客を呼びこんでいる。押し鮨の屋台もあれば居酒屋もある。

留松は広小路のはずれの川べりの船着き場におりると、杭に舫《もや》ってある一隻《せき》の屋根舟に平蔵を案内した。

　屋根舟は春の花見、夏の夕涼み、冬の雪見など川遊びに使われる小型の舟で、屋根の下に戸障子つきの小部屋を造り、飲み食いができるようになっている。

　屋根舟は入り口が低いから、背をかがめて入ると、炬燵《こたつ》をはさんで斧田同心と向かいあわせで酒を飲んでいた徒目付《かちめつけ》の味村武兵衛が鉈豆煙管《なたまめぎせる》をくわえながら、にんまりと笑いかけてきた。

「やぁやぁ、ひさかたぶりですな」

　味村は獅子ッ鼻からぷかりと煙をくゆらせた。

　斧田同心が盃をさしだし、声をひそめた。

「例のむじな屋敷がだいぶガタついてきたらしくてな。三日前、あの屋敷から棺桶がふたつ担ぎだされた。表向きは盗人が二人忍びこんだので成敗したということだが、なに、仲間うちでもめごとがおきたにちがいねぇ」

「仲間割れでもしたのか」

「それはわからんが、おかしなことに今日は櫓下《やぐらした》の転び芸者が三人、駕籠《かご》で屋敷につれこまれた。おおかた手下の狼どもに抱かせるためだろうよ」

　味村が鉈豆煙管を煙草盆にポンとたたきつけ、

「平蔵どの。やつらの正体がようやくつかめましたぞ」

にんまりとうなずいた。

「堀江嘉門《かもん》という男をおぼえておられるかな。先年、磐根藩の内紛に荷担して取りつぶされた加賀谷《かがや》玄蕃《げんば》の義弟だが……」

思いもよらぬ名前が飛びだし、平蔵は目を瞠《みは》った。

加賀谷玄蕃は、前将軍綱吉のお手がついた娘の志帆を磐根藩主の異母弟重定《しげさだ》に嫁がせ、重定を藩主にしようと画策した張本人である。

その加賀谷玄蕃の正室の弟が堀江嘉門で、安房の回船問屋の倅《せがれ》だが、一刀流の戸田法眼《ほうげん》から免許皆伝をうけ、商人よりも武士になることを望んだ。

姉の縁で加賀谷玄蕃の謀略にくわわり、平蔵に勝負を挑んできた男だ。

あのときは、なんとか斬り伏せることができたものの、剣の腕は互角だったと平蔵は思っている。

「堀江嘉門には加賀谷玄蕃の正室になった姉のほかに、お須磨という妹と、玄次郎という弟がいたとわかった」

「お須磨……」

平蔵はぎくりとした。

「それは、もしや紀州屋の内儀の……」

「ほう。ご存じでしたか」

「いや、会ったことはないが、名前だけは……」

渕上洪介の秘めごとと事件とはかかわりのないことである。平蔵は口を濁すしかなかった。

「このお須磨がたいそうな美人で、紀州屋の主人が安房の堀江家に商用で足を運んでいるうち、ぞっこん惚れこんじまった。そこで七年前に念願かなってお須磨を嫁にもらったはいいが、恋女房との房事がすぎたのか、四年前に卒中で倒れて寝たきりになってしまったそうだ。ま、女房は竈《かまど》からもらえというが、ほどほどの女房が無難のようだな」

味村はにたりとしたが、すぐ厳しい目になった。

「ところが、このお須磨が、寝たきりになった善助に代わって店を切り盛りし、かたむきかけていた身代を一年とたたぬうちに江戸でも屈指の大店にした」

味村はひと息いれてから、

「その立ち直りのきっかけが、公儀御用の巨額の材木入札だった。それを取りしきったのが作事奉行の稲葉掃部助《かもんのすけ》というわけだ。どうやら、お須磨は大枚の賄賂《わいろ》を掃部助に贈ったようですな」

「贈ったのは小判だけじゃなかろう。寝たきりの亭主をかかえた年増と、やり手の作事奉行とくりゃ、筋書きはひとつしかない」

「さよう。どっちが手をだしたにせよ、色と欲の両がらみで乳くりあう仲になったらしい」

味村は下世話な口をきいて、つるりとあごを撫ぜた。

「あとは一本道。公儀御用で紀州屋は肥え太ったが、掃部助も紀州屋からの賄賂を幕閣にばらまいて、長崎奉行の座を射止めようと画策している。ま、いわば、もちつもたれつ、おなじ穴のむじなになった」

「だが、それと別邸にひそんでいるという凶賊の一味とはどういう……」

言いかけて、

「玄次郎、か」

「おそらくは」

味村はおおきくうなずいた。

「お須磨の弟の玄次郎は十八、九のころから千石船に乗りこんで異国と抜け荷をしていたようですが、そのうち青龍帮《チンロンパン》と名乗って数隻の船団をしたがえ、手あたりしだいに交易船を襲って積み荷を奪掠《だつりやく》するようになったらしい」

「つまりは海賊、倭寇《わこう》のなれのはてだな」

「なんでも青龍幇は青い龍を染めぬいた旗印を帆柱にかかげていて、それを見ると交易船はふるえあがったようですな」

「しかし、その海賊が、どうしてまた江戸にあらわれたのだ」

「嵐ですよ」

「嵐……」

「三年前、やつの船団は洋上で凄まじい暴風雨に出くわして、船はもとより水夫《かこ》の大半を失い、一味は壊滅状態に追いこまれてしまったということですな」

「その頭目が玄次郎だというのはたしかなのかね」

「顔の隈取りと、投げ剣ですよ、神谷さん……」

　それまで黙っていた斧田同心が膝をのりだした。

「青龍幇はどうやら清国海賊に偽装して、頭目をラオタアと呼んでいたらしい。おまけに頭目は顔に青や赤の隈取りをしていたということですよ」

「肥前屋を襲ったやつらとおなじだ、と」

「海賊も、押し込み強盗も、脅すのが商売。芝居で役者が隈取りを使うのも、客への虚仮威《こけおど》しでしょう」

　斧田はふところから布につつんだ短剣をとりだした。

「それと、もうひとつ、青龍幇にはスウミンという清国の女がいて、こいつが投げ剣の名手だそうですよ」

　ひょいと平蔵に短剣を手渡した。

「神谷さんを狙ったのも、おそらくはスウミンという女の仕業でしょう。噂じゃ狙った的ははずしたことがないというほどの腕前だとか」

「だろうな……」

　闇のなかを銀蛇のように飛来してきた投げ剣の威力は、平蔵も知っている。

「そうか、やつは堀江嘉門の弟だったのか」

　味村が鋭い目で平蔵を直視した。

「玄次郎は残党をつれて安房にもどったものの、例の事件で実家の堀江家は断絶している。あとは姉のお須磨を頼るしかなかった」

「掃部助はお須磨に頼まれて、玄次郎をかくまったんだろうな」

「いや、そうとばかりは言えんでしょう。いくら掃部助がお須磨の色香に溺れていても、それだけで賊をかくまうとは思えませんからな」

「弱い尻をつかまれているとすれば……、賄賂、か」

「その証しをつかめばしめたものですがね。……いずれにせよ、やつが玄次郎だとすれば、あなたは兄の敵ということになる。この前の闇討ちもあなたを狙ったものでしょう。以後、身辺にはくれぐれも気をつけてもらいたいものですな」

味村が釘をさした。

平蔵、なにやら堀江嘉門の亡霊に出くわしたような気がした。

二

他用があるというので味村がひと足先に帰ったあと、斧田は近くに鮟鱇鍋《あんこうなべ》のうまい店があると平蔵を誘った。

鮟鱇は海藻の茂みに身をひそめて巨大な口で小魚を狙って食する。

その大口に似合わぬ臆病な習性から、大言壮語するわりには気のちいさい武士は鮟鱇侍と呼んで侮蔑され、侍はめったに口にしない魚である。

しかし、醜悪な外見にもかかわらず魚肉は美味で、ことに肝は絶品だった。

平蔵は磐根にいたころ、佐十郎に誘われ、よく食いにいった。

ちょうど昼どきで腹もすいていたが、斧田の口ぶりは鮟鱇鍋は口実で、ほかに何か平蔵と話したいことがありそうなようすだった。

両国橋を渡ったところに広大な火除地《ひよけち》がある。明暦の大火のあと、被災者の避難場として市中の要所にもうけられた火除地のひとつで、まわりにはさまざまな店が軒をつらねている。

斧田が案内したのは表を水茶屋にし、奥に小綺麗な座敷をいくつかもうけた料理茶屋で、藍染めの暖簾に「味楽《みらく》」と染め抜いてあった。

ここでも斧田は顔がきくとみえ、ふたりが入っていくと錦絵にでも出てきそうな櫛巻き髪の色っぽい茶汲み女が近づいてきた。

「お甲。ちょいと使いを頼みたいが、だれかいるか」

「わたしじゃだめなんですか」

「ばかを言え。お甲姐《ねえ》さんを使いっぱしりにしちゃ、客から怒られる」

「おあいにくさま。それほどもてやしませんよ」

「そうかい。だったら常吉に来るように言ってくんねぇか」

ポンとお甲の尻をたたくと、さっさと暖簾をくぐって店の奥に向かった。

土間に沿って小座敷が並んでいる。

「ここは食い物もうまいが、なんでもわがままをきいてくれるんでね。女房や勘めにうんざりしたときにゃここに来る」

斧田は一番奥の小座敷にあがると、腰の物と十手を無造作に床の間に投げだし、座卓の前にどっかとあぐらをかいた。

「これからが正念場なんでね。田所町の『もんじゃ』を引きはらって、張り込みのねぐらをここに移すつもりだ」

「ここじゃ稲葉屋敷から離れすぎて、見張りには向かないんじゃないか」

「なに、そこが付け目でね。屋敷と目と鼻の先の店に八丁堀が出入りしてちゃ、むじなどもも動きにくい。そろそろ出口をあけてやろうと思ってね」

斧田は座卓に両肘をつくとにやりとした。

「やつらが動きだしゃ、やつらの狙いもつかみやすいというもんさ」

「狙い、というと……」

「あいつらは、ただの破落戸《ごろつき》浪人どもじゃない。あらかじめ念入りに下調べをしてから一気に押し込みをかけようという算段にちがいねぇとおれは見ているのさ」

斧田の双眸がギラッと煌《ひか》った。

「やつらが肥前屋に押し込みやがったとき、糞壺《くそつぼ》に隠れて生き残ったお春って女中から聞きだしたところによると、やつらは押し入ってから引きあげるまで半刻とかかっちゃいなかったらしい。そのあいだに奉公人を始末し、奥の間に寝ていた主人夫婦を脅しつけ、床の間の下の隠し所まで暴きだして千九百両もの大金を根こそぎかっさらいやがった」

斧田はぎりっと親指の爪を嚙んだ。

「お春が厠《かわや》に入って用を足してたところ、二階で女の悲鳴が聞こえたってぇから、やつらは踏みこむなり迷うことなく、まっつぐ二階の女中部屋に向かったということになる」

「つまり、女中の寝部屋がどこにあるかを知っていたということだな」

「女中部屋だけじゃない。やつらは家の間取りから奉公人の頭数まであらかじめ調べあげて踏みこみやがった節がある」

「というと、奉公人のなかに一味のものをもぐりこませていたということか」

「おれも初めはそう思ったが、そうじゃなかったね。奉公人の身元は残らず洗ってみたが、素性の怪しいものは一人もいなかった」

さすがはスッポンの異名をとる斧田だ。探索のツボはぬかりなくおさえていた。

「番頭の話によると、襲われる二十日ほど前、肥前屋は職人をいれて奥の主人夫婦の部屋を造りなおしたそうだ」

「改築か……」

「ああ、それも相当おおがかりな改築だったらしい。そうなりゃ大工に経師屋《きょうじや》、それに畳職も入る。商いをやりながらの仕事だから、いろんな職人が入れかわり立ちかわり奥に出入りしてごったがえしてたらしい」

「………」

「職人てのは親方の常雇いもいりゃ、口入れ屋からかきあつめられた急場雇いのやつもいる。こういう急場雇いの連中はだいたいが遊び好きの道楽者だから、ちょいと一杯飲ましてて小遣い銭でもやりゃ、なんだってしゃべる」

平蔵の脳裏で何か、ちくりとうごめくものがあった。

「そこで肥前屋に入ってた職人を虱《しらみ》つぶしにあたってみたところ、直吉てぇ大工が仕事がおわった三日あとから長屋に帰ってきてねぇことがわかったのさ」

「そいつが仲間だったのか」

「いいや、その直吉って野郎は押し込みのあった四日あとに、東橋《あずまばし》の棒っ杭にひっかかって浮かんでやがったのよ」

斧田は口をひんまげて吐き捨てた。

「直吉は仕事の腕はたしかだったらしいが、根っからの女好きでね。稼いだ銭は女に使っちまって年中ピイピイしてやがった」

「ははぁ……」

「ところが、この直吉は肥前屋に押し込みがあった翌日に半年もたまってた家賃をきれいに払ったうえに近くの髪結い床にあらわれて、これから築地の湯女を買いにいくんだと惚気《のろけ》てやがったそうだ」

「築地の、湯女……」

平蔵、思わず目を瞠《みは》った。

亀湯で小耳にはさんだ畳職人の与太話を思いだしたのである。

「斧田さん。もしかすると」

「ん？」

平蔵が亀湯で聞いたことを話すと、斧田の顔が一変した。

「そいつはくせぇな。いや、くせぇなんてもんじゃねぇ。プンプン臭いやがる」

斧田の双眸が獲物を嗅ぎつけた猟犬のように殺気だってきた。

「渡りもんの畳職人が初仕事の二日目から顔ださなくなって長屋からも消えたとなりゃ、ハナから高飛びする気でいやがったにちげぇねぇ」

「そうか、もっと早く斧田さんに話しておけばよかったな」

「いやいや、同心でもない神谷さんがそこまで気がまわらねぇのはあたりまえだ。それより、よく思いだしてくれましたねぇ。これで的がしぼれるってもんだ」

「じゃ、やつらは駿河屋に目をつけている、と……」

「いや、言い切れませんがね。だが、十中八九、駿河屋を狙ってやがるとみていいでしょう。なんてったって本両替町の駿河屋といや、江戸でも五本の指にはいる分限者《ぶげんしゃ》だ。蔵にゃ千両箱が山積みされてることはまちがいねぇ。あとはやつらが、いつ動くかだな……」

斧田は腰の矢立から筆を抜きだすと、懐中から手控え帳をとりだした。

「その高飛びしやがった銀次って野郎といっしょに仕事をしていた畳職人はなんて男です」

「ひとりは政吉、もうひとりは、たしか平太といったな」

斧田がさらさらと筆を走らせているあいだに、お甲が、ぐつぐつ煮立った土鍋を七輪ごと運びこんできた。

「おう、お甲。常吉はどうしたい」

「それが、旦那。親分は石の並べっこで手が離せないらしくて、四半刻ほどしたら来るそうですよ」

「ちっ！　あのばか、ザルのくせしやがって、一人前の口をほざくじゃねえか」

「だめですよ。石の並べっこのことは旦那にはないしょにしといてくれって頼まれたんですから……」

お甲は笑いながら座卓の鍋敷きの上に七輪ごと土鍋を据えると、入り口に置いてあった大皿を運びこんだ。鮟鱇《あんこう》のブツ切りと絶品の肝と皮、それに葱《ねぎ》や白菜、湯葉にコンニャクが大皿に山盛りにのせられている。

見ただけで平蔵の腹の虫がさわぎだしてきた。

「お甲、十内《じゅうない》さんに手がすいたら顔を見せてくれと言っといてくんな」

「ええ、あとでご挨拶にあがると申しておりましたよ」

「よしよし、鍋の面倒はおれがみるから、熱燗を二、三本もってきてくんな」

斧田は袂から粒銀をいくつかつまみだすと、お甲の手ににぎらせ、ついでに馴れた手つきで尻をつるりと撫ぜあげた。

「鮟鱇もいいが、こっちのほうがプリプリしてて歯ごたえがありそうだな」

「もう、旦那は口ばっかり……」

婀娜《あだ》っぽい目でにらむと、形のいい尻を小粋《こいき》にひねって部屋を出ていった。

「へっ、いいのいいのを尻で書く色年増……か」

なんとも気楽な八丁堀だと、平蔵、あきれた。

三

ひさしぶりに食う鮟鱇鍋はほっぺたがゆるむほどうまかった。

「なぁ、神谷さんよ。見てくれが悪い女ほど床上手ってこともある。見てくれだけで鮟鱇を毛嫌いするやつは美女の糞つかみみてぇなもんだぜ」

「ほう、斧田さんは美女で手痛い目にあったらしいな」

「そうよ。おれの女房なんぞ昔は八丁堀小町といわれたもんだが、いまじゃ見る影もありゃしねぇ」

「ほう、そんな美人なのか。一度、お目にかかりたいもんだな」

「いいともさ。なんなら熨斗《のし》つけて進呈してもいいくれぇのもんだ」

鍋をつつきあってると、気心も打ちとけてくる。

ふたりが鍋の鮟鱇に舌鼓をうっていると、戸障子をあけて紺の作務衣《さむえ》に白い前掛けをきりっとしめた六十年配の老人が入ってきた。

「おお、十内さん……」

「お甲が心付けをいただきましたそうで、ありがとうございます」

「よしてくんな。ありゃ、お甲の尻代よ」

斧田は照れ隠しにポンと額をたたいて、平蔵を目でしゃくった。

「十内さんよ。こっちは神谷平蔵どのと申されてな。町医者が本業だが、こっちのほうも滅法できる」

剣をふる手つきをしてみせた。

「ほう、それは……」

老人は温顔を平蔵に向けて丁重に挨拶をした。

「この家のあるじで十内と申します」

斧田が盃を口に運びながら目をしゃくりあげた。

「この爺さまは茂庭十内といってね。禄高七百石のれっきとしたお旗本の嫡子だったが、惚れた女のためにあっさり士分を捨てちまったという変わり者なのさ」

「ほう……」

平蔵、まじまじと老人を見つめた。

「それはまた粋《いき》な御仁《ごじん》ですな」

「なんの、ただ侍が性にあわなかっただけの道楽者でございますよ」

目尻に苦笑をにじませ、淡々とした表情で平蔵を見つめる十内には武士への未練は露ほども感じられなかった。

それにくらべると平蔵は父の意志で幼いときに医者だった叔父の養子に出されたが、性分は医者より侍のほうが向いている口だ。

斧田は惚れた女のためだと言ったが、本音はもっと奥深いところにあるような気がする。茂庭十内というこの老人に、平蔵は強くひかれるものを感じた。

それは自分とは異質なものに対する畏敬の念でもあった。

「町医者をなさっていると申されましたな」

十内が穏やかな眼ざしを向けてきた。

「いかにも、新石町の裏長屋で診療所をひらいておりますが……」

「ふうむ」

かすかにうなずいた十内の顔に、なにやら憂慮の色が見える。

「茂庭どの、なにか、それがしに言いたいことがおありのようだが」

「いや……」

十内は言葉を濁したが、ややあって重い口をひらいた。

りでしょうな」
「神谷さまは剣の遣い手だそうですが、これまで人を斬られたことも何度かあ
　思いもよらぬ問いかけだったが、平蔵は無言でうなずいた。
「お見うけしたところによると、手にかけられたのは一人や二人ではござらぬよ
うじゃ」
　声は穏やかだったが、十内の双眸には強い煌《ひか》りがあった。
　いったい、この老人は……。
　平蔵は戸惑ったように斧田を見た。
「神谷さん。だしぬけのことで驚かれただろうが、茂庭どのは若いころから観相
に秀でたおひとでな。みずから武士を捨てられたのも、そのあたりにあると聞い
たことがある」
「観相……」
　平蔵はあらためて茂庭十内を見なおした。
　観相とは相貌、骨相によって人の運命を洞察する。学んで会得できるものでは
なく、もって生まれた天分によるものだと聞いたことがある。
「いやいや、わたしは見てのとおり、ただの料理茶屋の親爺ゆえ、あまり気にな

されますな」

　十内は温顔に笑みをうかべた。

「ただ、すこしばかり観相をたしなんだことがございましてな。神谷さまを拝見したとき、これほど吉相と凶相が相なかばしている方もめずらしいと思うたまでのことですよ」

「吉凶、相なかばしているとは……」

「吉は強運にございます。おそらく神谷さまはこれまでみずから望んで人を殺《あや》めたことはなく、身にふりかかる火の粉をはらうために剣を遣わざるをえなかったのではありますまいか」

　初対面にもかかわらず、十内は掌《たなごころ》をさすように平蔵の生きざまを指摘した。

「おっしゃるとおりだが……」

　平蔵は居住まいをただした。

　この老人、ただ者ではない……。

　平蔵の直視を十内はふわりとうけとめた。

「人を殺めれば遺恨が残り、その遺恨がさらなる遺恨を生みまする。……なれど外《げ》道《どう》から発した遺恨はそもそもが邪悪なものゆえ、神谷さまに危害がおよぶことはございませぬ。それが神谷さまの稀なる強運にございます」

「されば、いまひとつの凶運とはどういうことですかな」

「さよう……」

茂庭十内はかすかにうなずいて目をとじたが、やがて深い溜息をもらした。

「お身のまわりにふりかかる災いに気くばりをなされませ」

「身のまわり、に……」

「遺恨が邪悪なものであればあるほど、手段をえらびませぬゆえな」

十内の声音《こわね》は淡々としていたが、その言葉は平蔵の肺腑をえぐった。

四

常吉が来るのを待って斧田は駿河屋への聞き込みと、張り込みの拠点を「味楽」にうつすよう指示した。

常吉が本両替町に向かったあと、店を出たふたりは師走の雑踏でごったがえしている広場を抜けて横山町の角をまがった。ここには小間物問屋が多く、女物の櫛《くし》や笄《こうがい》、紅白粉《べにおしろい》もあつかうせいか、町がどことなく華やいでいる。

風はそれほど厳しくなかったが冬陽はにぶく、まだ八つ（午後二時）ごろだというのに大気は底冷えしていた。

十内の言葉が胸の底に棘《とげ》のようにひっかかっているからか、平蔵は無口になっていた。

「あんまり気になさらねぇことだ」

肩を並べて歩きながら、斧田がぼそりとつぶやいた。

「ま、俗に当たるも八卦《はっけ》、当たらぬも八卦というからね」

「斧田さん、茂庭さんを辻占《つじうら》の八卦見といっしょにしちゃいかん。あのひとは観相家だ。いい加減なことを言うおひとではない」

「そりゃ、まぁね……」

弱ったなというように斧田はつるりと顔を撫ぜた。

「こんなことなら、十内さんに会わせなきゃよかったかな」

ぼやいた斧田を見やって平蔵は苦笑した。

「斧田さんが、あの店におれを誘ったのは、茂庭さんに会わせようと思ったからじゃないのかね」

「ん？」

一瞬、斧田は虚をつかれたように平蔵を見かえし、

「ふふ、ま、バレちゃしょうがねぇな」

ぴしゃりと頬をたたいてにやりとした。

「このところ神谷さんに刃傷沙汰がつづきすぎているのが、どうにも気になってね。なんか疫病神《やくびょうがみ》にでもとっつかれてんじゃねぇかと……ま、よけいなお節介だったかもしれねぇが」

「いやいや、そんなことはない。むしろ、よいおひとに引きあわせてもらったと思っている」

「なら、いいがね」

ひょいと斧田は足をとめた。

「実はね。おれも十内さんにおなじようなことを言われてるのさ」

「おなじようなことというと……」

「同心なんて長くつづけるもんじゃない。早く家督を倅に譲って隠居したほうがいいってね」

ちっ、と舌打ちして斧田はまた歩きだした。

「ま、言われてみりゃ八丁堀同心なんてのは人に縄をかけるのが稼業だ。役目と

はいえ、数えきれねぇほど恨みをしょいこんでる。おれを殺したいと思ってるやつは何十人、いや何百人いるかわかりゃしねぇ」

斧田の顔に苦渋の色がにじんだ。

「だからって、はいそうですかと公儀《おかみ》に十手返上して楽隠居をきめこむわけにもいかねぇやな。そうじゃねぇですかい」

平蔵、返す言葉が見あたらなかった。

「神谷さんは、どこへいったって医者で食ってけるが、おれはそうはいかねぇ。女房もいりゃ餓鬼もいる。おまんまを食わしていくにゃ八丁堀から逃げだすわけにゃいかねぇのさ」

「そうか……そりゃ、そうだな」

「そうさ。人にゃどうしようもねぇ天命ってやつがある」

田所町の角で斧田は立ち止まった。

「おれの勘だがね。やつらはここ十日か、半月のうちに動きだす。そんときゃ八丁堀の意地にかけても一人残らずお縄にしてみせる。ま、見ていておくんなさい」

斧田の双眸がギラッと炯《ひか》った。

五

人を殺めれば遺恨が残る……。

茂庭十内のことばが平蔵の胸の底にずしりと澱《よど》んでいた。

発端がなんであろうと遺恨の種は平蔵が蒔いたものだ。おのれが蒔いた種はおのれで刈らねばならない。そのことに迷いはなかった。ただ平蔵にかかわるものに遺恨が向けられることだけは、なんとしても避けたかった。

その方策に思いをめぐらせつつ、小網町の道場に寄ってみた。

武者窓から激しく竹刀を打ちあう音がひびいてくる。合間を縫って伝八郎の威勢のいい叱声が表にまで聞こえてくる。

「やっておるな」

いつもと変わりのない伝八郎の大声が、平蔵の屈託を吹き飛ばしてくれた。

水を飲もうと道場の裏にまわってみたら井戸端にふたりの女がしゃがみこみ、洗濯をしながら楽しげに談笑していた。

女中のおまさと、平蔵を師匠と仰いでいる麦沢圭之介の実妹の奈津だった。

平蔵を見て奈津が「ま、神谷さま……」とおどろいたように立ちあがった。

手に洗いかけのふんどしをぶらさげている。

「奈津どの、それは伝八郎のふんどしか」

「あ。は、はい……」

奈津は急いでふんどしをうしろに隠した。

「恥ずかしがることはない。おなごが男のふんどしを洗えるようになったら一人前だ」

「だめだよ、せんせい。嫁入り前のあまっこにふんどしだなんて品のねぇこと言っちゃなんねぇだ」

おまさが睨みつけた。

「ほう。じゃ、なんて言やいいんだね」

「きまってるっちゃ。きんかくしだっちゃ」

「そりゃ雪隠《せっちん》の前板だろう」

「きんたまかくすんだから、おんなじようなもんだがや」

「もう、おまささんたら……」

奈津が真っ赤になって吹き出した。

「お奈津さんは煮物もちゃんとでけるし、針も使えるだで、いつでも嫁にいけるだでよう」

「おまささん、お嫁だなんて、まだそんな……」

「なにこいてるだ。とうに口吸いあったり、乳なぶらせたりしてるでねぇか」

おまさは房州育ちだけに、あけっぴろげで口さがない。

「もう、おまささんたら……」

奈津は真っ赤になって逃げだした。

どうやら今度の伝八郎の恋はうまく実を結びそうだ。

顔を水で洗って道場に顔をだすと、見所《けんぞ》にいた井手甚内が笑みかけてきた。

「おお、もう出歩いていいのか」

「すまん。いろいろ迷惑をかけた」

「なんの、迷惑は相身たがい身だ。わしで力になれることがあったら遠慮なく声をかけてくれ」

稽古をつけていた伝八郎が、汗を拭いながら近づいてきた。

「だいぶ顔色もよくなってきたようだな」

「なかなか稽古に気合いが入ってるようだな」

「なんの、門弟がふえたのはいいが、ちょいと気合いをいれると泣きが入るような連中ばかりでどうにもならん。どうだ、ひとつ、佐治道場直伝の荒稽古がどんなものか見せてやってくれんか」

「よせよせ、門弟がへるぞ」

「かまやせん。それで怖じ気づくようなやつは見込みはないというもんだ」

「いいのかね、井手さん……」

問いかけると、甚内も目を笑わせ、うなずいた。

「まだ、躰が鈍ってるが、すこし汗をかいてみるか」

腰をあげ、道場の隅においてある竹刀《しない》を手にとって、二、三度ふってみた。

そんな平蔵の姿を見て、たちまち数人の門弟が集まってきた。

「神谷先生。一手ご指南をお願いします」

「手加減はせんぞ」

「望むところです」

「よし、だったら総がかりでこい」

総がかりとは、間をおかず、四方八方から打ちかかる荒稽古である。

平蔵は竹刀を手に歩みだすと、ためらっている門弟たちを見渡した。

「どこからでもいいぞ。存分に打ちこんでこい」

その声をきっかけに門弟たちが堰《せき》を切ったように我先にと打ちこんできた。

平蔵は軽く躰をひねっては竹刀に空を斬らせ、躰が泳ぐところを容赦なく面を打っては、籠手《こて》を打ちすえ、胴を薙《な》ぎはらい、胸に刺突《しとつ》をいれた。

平蔵の足は方三尺を移動するだけで、おおきく踏みだすことはなかった。それでいて竹刀は存分にのびて鋭く撓《しな》う。

門弟はいずれも面、籠手、胴の防具をつけていたが、それでも平蔵の竹刀をうけるとこたえるのか、くの字に躰を折ってよろめいたり、竹刀を取り落とす者や、面を打たれただけで失神してしまう者もいた。

竹刀は割り竹を革袋でくるんだ袋竹刀だが、遣い手によっては木刀とかわらない衝撃をあたえる。面をまともに食らえば脳震盪《のうしんとう》をおこすし、籠手に入れば腕がしびれる。刺突をうければ躰がはじき飛ばされる。

門弟たちはムキになって、入れ代わり、立ち代わり打ちかかっていくが、だれひとりとして平蔵の躰に竹刀をふれることもできないまま、息があがり、つぎつぎにへたりこんでしまった。

総がかりに加わっている者は切り紙以上の門弟ばかりで、ほかの者は道場の羽目板沿いに正座し、この激しい荒稽古を、息を飲んで見守るばかりだった。

井手甚内も見所に身をのりだして見つめた。

いつものように竹刀と竹刀がからみあう音も聞こえず、道場には平蔵が打ちすえる竹刀の音だけが響きわたった。

四半刻あまりがたったころ、総がかりに参加した門弟は一人残らずへばってしまい、道場に立っているのは平蔵だけになってしまっていた。


ひさしぶりの稽古で汗をかいた平蔵が、井戸端で躰をぬぐってから母屋に顔をだすと、甚内と伝八郎が茶をすすりながら見迎えた。

「えらい気合いの入れようだったな。とても病みあがりとは思えなんだぞ」

「すこし、やりすぎたかな」

「いやいや、あれぐらいでちょうどいい」

甚内は満足そうにうなずいた。

「あの者たちも打ちすえられて、ほんとうの剣の修行とはどんなものかを肌で感じたにちがいない。わしも、ひさしぶりに若いころにもどったような気がした」

伝八郎も追随して気負いこんだ。

「そうとも、おれもこれからは甘やかさずにビシバシしごいてやる」

「それはそうと、今日は一度も門弟と竹刀をあわせようとしなかったな。なにか考えあってのことかね」

甚内が膝をのりだして問いかけた。

「ああ、あれは多勢を相手にしたとき、刃と刃をあわせると刃こぼれがするし、下手をすると刀が折れることもあるからな。できるだけ竹刀をあわせずに凌《しの》いでみようと思ったまでだ」

「なるほど理にかなった稽古だ。おおかた、先夜の曲者に備えての工夫だな」

「うむ。いつ、しかけてくるかわからんからな」

「で、あやつらの正体はわかったのか」

「ああ。北町の同心と徒目付が探索に本腰をいれてくれたおかげで、ほぼ見当がついてきた」

「いったい何者だ」

伝八郎が膝をのりだし、咬みつきそうな目になった。

「貴公らもおぼえているだろう。堀江嘉門の弟らしい」

「なにぃ」

「そりゃまた……」

伝八郎と甚内は思わず顔を見合わせた。

「ううむ。遺恨が、遺恨を招くか……」

平蔵から禍根の真相を聞いて、伝八郎がうめいた。

「作事奉行が黒幕とは公儀の威信も堕ちたものだのう」

「そこまでわかっていても踏みこめんのか」

「ああ、武家屋敷は奉行所の管轄外だ。よほどの確証がないことには手も足もだせん。むじなが潜むにはもってこいの穴場だよ」

「なんとも厄介な話だな。どこかで悪い因縁を断ち切らんことには気の休まるときがないぞ」

「好んで買った遺恨じゃないが、おれが招いた遺恨にはちがいない。自分でカタをつけるしかあるまいよ」

「おまえのことだ。心配などしておらんが、文乃どのはそうはいかんぞ」

「わかっている。そのあたりのことも考えている」

ってやる」
「そうか、ならいいが、なにかのときは声をかけてくれ。いつでも吹っとんでい

伝八郎はどんと胸をたたいた。

「ひさしく暴れておらんが、なぁに海賊かなにか知らんが、盗人野郎をたたっ斬るぐらいわけもないわ」

「神谷君。わしも貴公のためなら一臂《いっぴ》の労は惜しまん。忘れんでくれ」

「そう言ってくれるのはありがたいが、ふたりとも背負わにゃならんひとがいる。その気持ちだけで充分だ」

「なにを言う。町人ならいざ知らず、これでも武士のはしくれだ。妻子にうしろ髪ひかれて友の危難を見すごすような真似はできん」

穏やかな甚内が厳しい顔になった。

「そうともよ。それに堀江嘉門の遺恨なら、われらにもかかわりがある。そもそもが三人で加賀谷玄蕃の別邸に斬りこんだのがことの発端ではないか」

伝八郎が目を三角にして食ってかかった。

「わかった。しかと胸に刻んでおく」

六

日本橋から筋違御門《すじかいごもん》に向かって走る大路に夕陽が影を落としていた。

足元には薄闇が這いよっている。

暮れ六つが近い。

乗物町の角をまがる平蔵の足取りは重かった。

文乃をどうするかという屈託をかかえていたからである。

伝八郎に言われるまでもなく、茂庭十内の言った、「身のまわりにふりかかる災い」とは文乃のことをおいてほかにない。

すでに妻に娶《めと》ったあとならば、なにが起ころうと一蓮托生と覚悟をきめるしかないが、文乃はまだ波多野家の娘である。母親にも兄の静馬にも、いわば平蔵は見ず知らずの他人だ。防ぎようのない天災ならともかく、なんとしても傷つけるわけにはいかなかった。

やはり、ことが落着するまで磐根藩邸にあずかってもらうしかあるまい。

だが文乃は見た目より強情なところがある。素直に納得するか、どうか……。

新石町の木戸を抜けようとしたとき、木戸番が声をかけてきた。

「旦那。さっき二人づれのお侍さまが旦那の家を訪ねていきましたよ」

「侍が……」

「へい。磐根藩の者だとおっしゃっていましたが……」

「ほう、磐根藩の……」

「旦那は留守だって申しあげたんですがね。ご新造に挨拶して帰るとおっしゃいましたんで、へい」

だれだろう……。文乃を訪ねてくるとしたら佐十郎の家人か、土橋精一郎のほかには思いあたらないが、桑山家の家士や土橋精一郎なら、木戸番に聞くまでもなく平蔵の長屋を知っているはずだ。

「もしや……」

ふいに危惧が胸を突きあげ、平蔵は袴の股立《ももだ》ちをつかんで走りだした。

弥左衛門店の路地に駆けこんだが、路地には不審な人影はなかった。

夕餉《ゆうげ》の支度をする煙がのどかに天窓から立ちのぼっているだけだった。

杞憂《きゆう》だったか……。

胸を撫ぜおろしたが、門口に近づくにつれ、屋内に濃密な殺気がこもっているのを感じた。殺気は頭上からも伝わってくる。

平蔵はゆっくり草履を脱ぎ捨てると、頭上には目もくれず、親指で刀の鯉口を静かに切った。

ふいにガラリと戸障子をあけ、むかいのおきんが出てきた。

「あら、せんせい……」

気さくに声をかけようとしたが、ただならぬ気配に息を呑み、急いで家のなかに飛びこんだ。

平蔵は腰の鞘を抜きとると同時に戸障子を突き破り、鞘を屋内に投げこんだ。

瞬間、戸障子を内側から蹴たおし、曲者が一人、白刃を手に躍りだしてきた。

月代《さかやき》を剃りあげ、羽織、袴をつけて国侍風に装っているが、乱杭歯《らんぐいば》をむきだした形相は凶賊そのものだ。

「堀江玄次郎の手下だな。むじな屋敷から這いだしてきたか！」

挑発するように罵倒したとき、トントン葺《ぶ》き屋根がみしっと鳴ったかと思うと、黒い影が白刃をふりかざし屋根から跳びおりてきた。

平蔵はふりむきもせず身を沈め、刃を一閃し、曲者の脛《すね》を薙《な》ぎはらった。

両断された足が二本、血しぶきを噴きあげつつ宙に舞った。

一瞬にして両足を失った曲者は、達磨《だるま》落としのようにすとんと尻から路上に落下した。平蔵は返す刃で首を斬り撥ねた。頭がごろっと路上にころがり、首から鮮血が噴出した。その血しぶきを頭から浴びた残党は恐怖に駆られ、脱兎のごとく逃走しようとした。

そこへ運悪く、文乃が風呂敷包みをかかえて下駄の音をひびかせながら路地の角をまがってきた。とっさに平蔵は手の刀を曲者の背に向かって投げた。

刃は一筋の矢のように空を引き裂き、白刃をふりかざして文乃に殺到しようとした曲者の背中に吸いこまれた。

鋒《きつさき》は曲者の背中から、まっすぐに胸板まで貫いていた。

白刃をふりかぶったまま曲者は悪鬼の形相で文乃を凝視したが、やがて口からゴボッと血泡を噴きだすと、地響きをうって路上に突っ伏した。

背中を深ぶかと刺し貫いた大刀が曲者の断末魔の痙攣に鋭くゆれた。

あふれだした鮮血がじわりとひろがり、棒立ちになっていた文乃の足袋の爪先まで赤く染めていった。

禍《まが》まがしいふたつの屍を、夕闇が静かに覆いはじめた。

四半刻とたたぬうちに駆けつけてきた斧田同心は、屍を検死して吐き捨てるように言った。

「まちがいねぇ。半刻前、むじな屋敷から菅笠をかぶって出てきた二人づれのやつらだ」

「やはり、そうか……」

「ああ、紋付き羽織に袴、白足袋に草履、どこから見ても稲葉家の家臣に見えたそうだが、見張ってた下っ引きは、とりあえずあとをつけたそうだ。ところが広小路の雑踏で見失ってしまいやがったのさ」

「尾行をまいておいて、ここに来たんだな」

「まず、まちがいねぇが、屋敷に問いただしたところでシラを切られるのがオチだろう」

「目あては、この、おれだったかもしれぬが……」

平蔵はぼそりとつぶやいた。

「やつらは木戸番で、おれが留守をしていることを聞いたうえで、なお、この家に入りこんだ。もし、文乃が家にいたら、迷わず文乃を殺めたにちがいない。堀江玄次郎の遺恨の相手はおれだが、この先、やつの遺恨の刃はおれにかかわる者にも容赦なく向けられるということだ」

「神谷さん。やつらは辛抱の糸が切れはじめたのだ。近いうち最後の勝負をかけてくる。おそらく目あては神谷さんが言った駿河屋だと、おれは確信している」

「手配はしてあるのか」

「ああ、駿河屋のむかいの蕎麦屋《そばや》の二階を借り切って手下をいれてある。今度は八丁堀の捕り方を総動員して一人残らず、お縄にかけてやるさ」

「そうか、なにか動きがあったら、すぐに知らせてくれ。雑魚《ざこ》はどうでもいいが堀江玄次郎だけは、おれの手で仕留めたい」

「いいともよ。やつの始末は、あんたにまかせよう」

七

台所で文乃が遅くなった夕餉の支度をしていた。

突風のように自分の身に襲いかかった凶刃に文乃も動転したのだろう。しばらくは血の気をなくし青ざめていたが、すぐに気をとりなおし、何事もなかったかのように炊事にかかった。

その気丈さが救いだったが、だからこそ二度とあんな思いはさせたくない。

「文乃」

平蔵が声をかけると台所で葱をきざんでいた文乃の手が止まった。

「話したいことがある」

「はい……」

文乃は包丁を俎板《まないた》に置くと、手を拭いて土間からあがってきた。

藍《あい》無地の着物の裾をつつましくさばいて平蔵の前に座った。

ほのかな行灯の灯りが文乃をやわらくつつんでいる。緊張しているのだろう。心なしか顔がこわばっていた。

「斧田さんの話でおおかたのことはわかったであろうが、先夜の闇討ちも、さきほどのやつらも、堀江玄次郎という男が一味の首魁《しゆかい》だ。先年、おれが、やつの兄を討ち果たした、その遺恨を晴らそうというのだろう」

平蔵は淡々とした口調で、堀江嘉門を討ち果たしたいきさつと、いま、稲葉掃《かも》部助《んのすけ》が紀州屋の内儀と堀江玄次郎と結託し、長崎奉行の座を射止めようと画策していることを語った。

「ことの発端はどうであれ、おれに向けられた遺恨から逃げることはできぬ。そのことにためらいはない。ただ、おれに遺恨をいだく者は、そなたをも巻き添えにする。おれの妻になるということはそういうことなのだ」

「そのようなこと、あらためて申されずとも覚悟はできております」

文乃はかすかにほほえんだ。

「あなたに向けられた遺恨のために命を落とそうとも文乃は本望でございます」

「文乃……」

平蔵は苦渋の目を向けた。

「ただ、そなたはまだ波多野の娘であって、おれの妻ではない。いま、そなたに万一のことがあれば、そなたの母御に顔向けができぬ」

「それは……」

「そなたが身寄りのないおなごならともかく、磐根には母御もおられる。兄者もおられる。おそらく母御も、兄者も、そなたは桑山佐十郎の役宅にいるものと思うておられるにちがいあるまい」

「でも、それは……」

「それが、このような裏長屋に住まいして、凶刃に倒れたと知ったら、母御はなんと思われよう。老い先短い母御のお命をちぢめることにもなりかねん。そうは思わぬか」

「神谷さま……」

「佐十郎はそなたを阿波屋に宿さがりさせたということにして取りつくろってくれているが、そなたに万一のことがあれば佐十郎の面目も立たぬことになる」

文乃の顔に苦渋がよぎった。

「おれが堀江玄次郎を討ち果たすまで、佐十郎の役宅にもどってくれぬか」

「それは……」

「頼む。文乃……」

平蔵は腕をのばして文乃の手をとった。

「この長屋にそなたを置いては、おれは動こうにも動けぬ。堀江玄次郎の目あてはおれだ。磐根藩邸にいるかぎり、そなたの身に危機はおよばぬ」

「…………」

まだ、ためらっている文乃の手をぐいと引きよせ、抱きしめた。

「堀江玄次郎を討ち果たせば、そなたとともにおれは磐根に行く」

「神谷さま……」

おおきく目を見ひらいて平蔵を見あげた文乃の顔に、みるみるうちにおさえきれない喜色がひろがった。

「よいな。おれがいっしょに磐根に行って、母御にも兄者にも会うて妻に申しうけたいと願う。武家の娘を妻に娶るからには、それなりの手順を踏まねば母御に申しわけがたたぬ」

文乃は顔を平蔵の胸におしつけ、すがりついてきた。肩がこきざみにふるえていた。これまで気丈にふるまってはいたものの、それは平蔵によけいな負担をかけまいとしていただけのことで、まだ二十七歳のふつうの女であることに変わりはなかった。これからは、その女の運命は平蔵の手にゆだねられることになる。

ずしりと持ち重りのする文乃の躰を抱きよせた。

平蔵の腕に身をゆだね、仰向けになって両目をとじた文乃の睫毛がかすかにふるえていた。

この女を不幸にすることはできぬ……。

第九章　落ちて散る

一

　翌日、平蔵は文乃をともない、磐根藩の江戸上屋敷に桑山佐十郎を訪ねた。

　堀江玄次郎が平蔵にむける遺恨が文乃におよぼうとしたことを告げ、当分のあいだ文乃をあずかってもらえぬかと頼むと、佐十郎はすぐさま快諾してくれた。

「よいとも、そもそもが堀江嘉門は磐根藩の内紛にかかわった加賀谷玄蕃の謀略に与《くみ》した男だからな、藩としても一半の責めがある。それに文乃が役宅にいてくれればおれも助かるというものだ。半月が半年、一年になろうとも一向にかまわんぞ。文乃のことは安心してまかせてくれ」

「かたじけない」

「それにしても、きさまはよくよく磐根に縁が深いな。いっそのこと磐根に骨を埋めてはどうだ。磐根には医者がすくないから、城下で開業すれば繁盛するぞ」

佐十郎は真顔で身をのりだしてきた。

「藩士のなかには江戸できさまの出稽古をうけた者も多いし、きさまが磐根に腰をすえれば文乃の母御も安心なされよう。ひとつ考えてみんか。ん？」

「ううむ」

気さくな口調だったが、佐十郎の誘いには無下《むげ》には断りかねる真情がこもっている。うしろにひかえている文乃に目をやると、文乃は無言で微笑みかえしただけだが、文乃の気持ちは聞かなくともわかっている。

磐根は山野の緑も鮮やかで、川の水も澄みきっている。人情もあつい、暮らしやすい国である。

師の佐治一竿斎が草深い目黒に隠宅をかまえた気持ちもわからなくはない。

田舎医者になって文乃と住み暮らし、子をつくる。これまで平蔵の思ってもいなかった暮らしが磐根にはある。

江戸という街は華やかな化粧に彩られているが、裏では権力と富をもとめる人間の欲望が渦を巻いている街でもある。

磐根、か……。

悪くはないな、と気が動いた。

佐十郎と一局碁盤をかこみ、文乃が用意した中食をとって藩邸を辞した。

文乃が門前まで送って出た。

「平蔵さま……」

と文乃は呼びかけた。

「先ほど、桑山さまが申されたこと、気になさらないでくださいまし。わたくしは平蔵さまが、ご無事でいてくだされればそれでよろしいのですから……」

声は低かったが、万感の思いがこめられていた。

無言でうなずき、背を向けた。

なにか、おおきな忘れ物をしてきたような気がした。

二

帰途、平蔵は雉子橋《きじばし》御門外にある新井白石《はくせき》の屋敷に立ち寄った。

白石は腸が弱く、外出先でも待ったなしの便意をもよおし、駕籠《かご》をとめさせ民家の厠《かわや》を借りに駆けこむこともめずらしくない。

平蔵が調合する薬がよく効くというので、月に一度、届けることにしていた。

玄関で用人に来意をつたえ、薬をわたして帰るつもりでいたが、在宅していた白石が会いたいということなので用人に案内されて書斎に顔をだした。

「おお、平蔵か。よく来た」

白石は躰の調子もいいらしく上機嫌で見迎えた。

「どうじゃ、あの絵は……」

白石は床の間に置かれた一幅の絵を目でしゃくった。

「お、これは……」

平蔵は目を瞠った。

金色の塗料で塗られた額縁におさめられていたのは南蛮（西洋）の油絵だった。

「ふふふ、過日、オランダのキャピタンから贈られたものだがの。筆遣いもみごとじゃが、色艶がなんともいえぬ」

よほど気にいっているらしく、白石は目をほそめている。

絵は縦長のおおきなもので、金色の髪をした美しい娘が真っ赤な大輪の薔薇の花を手にして微笑んでいる姿が描いてある。

乳白色の肌と赤い花が目をあざむくばかりに美しい。

「これは……薔薇《そうび》の花でございますな」

「うむ。むこうではロウザと言うそうな。わが国の薔薇は山野に自生しているが、むこうでは貴人の花として庭に植え、大事に育てるそうな。それゆえ花弁もおおきく色も鮮やかになるのだろうよ」

「貴人の、花……」

「よいか、平蔵、これはここだけの話ゆえ、口外してはならぬぞ」

「は」

「おまえは長崎にいたことがあるゆえ、切支丹《きりしたん》のこともすこしは知っておろう」

「はあ、いささかは」

「ならば、マリアという女のことも聞いたことがあるな」

「なんでも切支丹が神と崇《あが》めているイエス・キリストを産んだ女のことではありませぬか」

「そうじゃ。神のお告げをうけて生娘《きむすめ》のままでイエスを産んだと言われておる女じゃ。男とまぐわいもせずに子を産むなどというのもおかしな話じゃが、ま、それが信仰というものであろう。……それはさておき、むこうではイエスよりもマリアを神として崇める者たちがいるそうだ。むろん、マリア信仰は異教としてあつかわれているが、この絵はそのマリアを描いたものらしい」

「では、この絵は、ただの女ではなく、女神を描いたものということですか」

「ま、そういうことであろうな」

「しかし、先生。そのような絵を所持されていては……」

「ふふふ、なに、公儀の役人どもの目は節穴のようなものじゃ。ただ異国の女が花をもっておる絵としか見えまいよ」

白石は肝の太いことを口にし、一笑した。

「とはいえ、めったな者には見せぬゆえ、案じるな」

「…………」

平蔵は絵のなかの女よりも、手にしている薔薇の花にひかれたたしか渕上洪介が熱海の出湯のなかで見たという女の腹に彫られていたのも、大輪の赤い薔薇の花だったという。

「どうした、平蔵。南蛮の女が気にいったのか」

「いえ。この薔薇《そうび》の花が……」

「ほう。おまえが花に魅せられるような風流人とは思わなんだな」

「いや、そうではなく、このマリアと薔薇の組み合わせにはなにか意味があるのではないかと……」

「ほお、おもしろいところに目をつけたの」

　白石はおおきくうなずいた。

「よいか、平蔵。この世の不思議は命を産みだすことにつきる。ゆえに国の東西を問わず、ひとは命を産みだす女人に神秘を感じる。わが国の天《あま》つ御祖《みおや》は天照大神《あまてらすおおみかみ》じゃ。ひとがお伊勢参りをするのも、そのためにほかならぬ。天つ御祖は女神じゃ。南蛮のマリア信仰もおなじく女人信仰からきておる」

「女人信仰と、薔薇の花がどう結びつくのかがわかりませぬが」

「まだわからぬか。花は女人よ」

「は……」

「花は見て美しいだけではない。新たな命を産む源なのじゃ。おなごもまろやかな躰で男を誘い、赤子を産む。いわば花は女人なのじゃ」

　白石は床の間の絵を目ですくいあげた。

「よう見てみるがいい。そこに描かれた薔薇の花弁を見て、なにかに似ていると は思わぬか」

「は……」

「ふふ、医者のくせに鈍いやつよのう」

白石はからかうようにカラカラと嗤《わら》った。

「あ」

平蔵は目を見開いた。

「では、女のあの……」

「やっとわかったようじゃの」

白石はにやりとした。

「いい女、見たいところがひとつあり。平蔵も好物の、毛まんじゅうよ」

「は、これは……おそれいります」

「ばかもの。べつに恥じることではないわ。日蓮上人も煩悩即菩提《ぼんのうそくぼだい》、生死即涅槃《しょうじそくねはん》と申されておる」

「煩悩即菩提……」

「そうじゃ。おなごが房事のとき、よう、死ぬ死ぬとたわごとを申すであろう」

白石は、らしくもないことを臆面もなくさらりと言ってのけ、からかうような目で平蔵を見た。

「そちも、よう、おなごを囀《さえず》らせてきたであろうが」

「は、いや……」

平蔵、これには閉口した。

「あれこそが煩悩即菩提、生死即涅槃の境地にほかならぬ。ひとはだれしも、まぐわうとき無我の境地にはいる」

まさか新井白石から房事の講義を聞かされるとは思わなかった。

ここは、黙って傾聴するほかはない。

「上は帝《みかど》から、われら民草にいたるまで、男があまねく愛《め》でるのがおなごじゃ。その、おなごが一人前の女になれば、花がひらいたと言うであろう。花は古来しばしば女陰《ほと》に見なされておる。南蛮人が薔薇を女神の花と見なすのも無理からぬことと言えような」

そうなると、あの女の腹に彫られた薔薇の刺青は、
もしやして……。

南蛮の切支丹とかかわりがあるのではないか。

「どうした、平蔵。その顔は、なにか、まだありそうだの」

「は、いや……」

ことは洪介にもかかわることである。

迷ったが、ここまでくれば黙っているわけにもいかなくなった。

三

「なに、薔薇の刺青じゃと」

白石はまじまじと平蔵を見すえた。

「岡場所あたりの、あばずれ女ならともかく、木場でも屈指の材木問屋の内儀が腹に墨をいれておったというのか」

「それも並の刺青ではなく、隠し彫りという手のこんだものだそうです」

「ははぁ、俗に白粉彫《おしろいぼ》りというやつだな。肌がぬくもるにつれ墨や色が浮きだしてくる刺青であろう」

「よく、ご存じですな」

「わしを書物の虫の学者ばかと思うておるようだが、若いころは遊里にしばしば足を運んだこともあるわ」

「これは、おそれいります」

「それにしても、吉原の遊女や莫連女《ばくれんおんな》のなかには、男への心中だてに刺青をしておるものもいると聞いたが、大店の内儀が肌に墨をいれるというのは尋常のことではないの」

「仰せのとおり、刺青などというものは島帰りの前科もちか、破落戸《ごろつき》どもしかいれぬものと相場はきまっております。ひょんなことから睦《むつ》みあう羽目になったものの、洪介も女の腹に刺青があるのを見て肝をつぶしたそうです」

「ふうむ。その渕上洪介とか申す男、おまえと同類の相当な道楽者らしいの」

「めっそうもございませぬ。あんな放蕩者といっしょにされては迷惑千万でございます」

平蔵、おおいに憤慨してみせた。

「ははは、ムキになるところを見ると、どうやら図星のようだな」

「先生……」

「ふふふ、ま、その男のことはどうでもよい。ただ、公儀御用にかかわる紀州屋の内儀が作事奉行の稲葉掃部助と通じて、長崎奉行の猟官を図《はか》っておるとなれば捨ておくわけにはいかぬな」

「とは申せ、なんの証しもございませぬゆえ、奉行所の同心も手をつかねているところです」

「その須磨という内儀、房州の回船問屋の娘だったと言うたな」

「はい。かつては堀江という苗字帯刀を許された名家でしたが、須磨の兄の嘉門と申す男が磐根藩の内紛にかかわった罪を咎められ、生家の回船問屋も取りつぶされたそうです」

「回船問屋というのは抜け荷に手をだす者がすくなくない。また異国の交易船とかかわるうちに切支丹になるものもいるそうじゃぞ」

「では、あの、お須磨という女も……」

「うむ。どうも、その薔薇の刺青というのが気になるのう」

白石の眼《まな》ざしが険しくなってきた。

「切支丹の信徒は十字架《クルス》を信仰の証しとして隠しもつそうじゃが、わが国で十字架をもつということは自ら切支丹であることを認めるようなものだからの。もしかすると、その女、マリア信仰の証しとして、おのれの腹に薔薇の隠し彫りをいれているのかも知れぬ」

「薔薇が、十字架の代わりですか」

「そうじゃ。マリアは切支丹にとって女神のようなものだからの。薔薇を女神の象徴だと思えば、須磨という女が腹に薔薇の刺青をいれても不思議はない」

そう言いながら、白石は小首をかしげた。

「それにしても名のある材木問屋の主人が、いかに惚れたとはいえ刺青のある女と承知のうえで嫁にしたとは考えにくいの」

「そのあたりのいきさつはわかりませぬが、いずれにせよ、わたしは須磨の弟の玄次郎と斬りあうことになりましょう。玄次郎を倒せば、おのずと須磨のことも明白になると思われますが」

「またまた、斬りあいか。よくよく刃傷沙汰《にんじょうざた》と縁が切れぬ男だの。おとなしく町医者をしておればよいものを……」

「おそれいります」

「どうでも、その男と斬りあわねば、ことはおさまらぬか」

「はい。たとえ遺恨が筋ちがいなものであろうと、わたしが玄次郎の兄を斬り捨てたことに変わりはありませぬ。刀による遺恨は刀で決着をつけぬかぎり、いつまでも遺恨の根が残りましょう」

「やれやれ、敵討ちだの、遺恨だのと、武門とは面倒なものよの。そもそも、そちは武士を捨てたのではなかったのか」

「神谷の家を出たときはそのつもりでございましたが、剣を学んだのが因果のもとで、世間は、いまだに神谷の倅《せがれ》、医者まがいの武士としか見てはくれませぬ」

「ま、よいわ。ひとは宿命から逃れることはできぬものじゃ」

溜息をついた白石は、ふいに厳しい眼ざしを平蔵に向けた。

「掃部助が幕閣の重だったところに賄賂をばらまいていることは疑いもないが、確証がなければ間部さまも咎めだてすることはできぬ」

白石の顔がにわかに険しくなってきた。

「おまえは知るまいが、掃部助という男はなかなかの切れ者での。千代田城の改築はもとより、江戸市中の橋梁、旗本の拝領屋敷や寺社の増改築など、あらゆる工事の采配を一手に掌握しておるゆえ、老中方といえどもうかつに咎めだてすることはできぬ」

「それはまた厄介な人物ですな」

「ま、かつての荻原重秀《おぎわらしげひで》のような男と考えてよい」

荻原重秀は先代将軍綱吉の治世下で勘定奉行として辣腕《らつわん》をふるい、悪貨を乱発して諸物価の高騰を招いた人物である。

稲葉掃部助は、その荻原に匹敵する辣腕の幕吏だと白石は言う。

どうやら一筋縄ではすまぬことになりそうな雲行きだった。

「したがって掃部助の非曲を公儀の手で糾明するとなれば、荻原のときとおなじように確証をつかむまでは相当に長びくものと覚悟せずばなるまい。とはいえ、それでは時期を逸することになるであろう」

「仰せのとおり、掃部助が長崎奉行に任じられてしまえば万事休することになりましょう。手っとり早く決着をつけるには堀江玄次郎の尻に火をつけて掃部助の別邸から炙《あぶ》りだし、市中に出たところで始末するのが上策と存じます」

「よし、ならば、わしがひとつ手を貸してやろう」

「と、申されますと……」

「わしが城中で長崎奉行の任命は例年より早まりそうだと二、三の者にささやくだけで噂はすぐにひろまる。されば掃部助も焦る。堀江玄次郎も穴から這い出すにちがいなかろう」

「まさしく……」

「ふふふ、これまでめったに人事に口をだしたことがない、このわしが言うことゆえ、効き目はあるはずじゃ」

「とは申せ、先生をそのようなことで煩わしては……」

「なに、わしも文昭院さまがご逝去なされてからはすることがなくなってな。いわば年寄りの暇つぶしじゃよ」

文昭院とは先代将軍家宣のことである。家宣の学問の師として政治顧問の座についた白石も、新将軍家継に代がわりしてからは髀肉《ひにく》の嘆《たん》をかこうようになっていたのである。

「なれど平蔵もぬかるでないぞ。きっと、そやつを成敗いたせ。なにせ、そちに万一のことがあれば、わしも薬湯の調達に困るでな」

笑みをうかべた白石の双眸に、不肖の弟子を案じる慈愛がこもっていた。

四

お須磨は毎朝、明け六つに起きだすと、二布《ふたの》の上に晒しを巻き、腹掛けに股引をつけ、紀州屋の半纏《はんてん》を羽織り、豆絞りの手ぬぐいで鉢巻をしめて、草鞋《わらじ》ばきで貯木池を見てまわり、人足たちにまんべんなく声をかけるのを日課にしている。

むろん素っぴんのままだが、それがかえって粋で婀娜《あだ》っぽく見える。

紀州屋のお須磨の朝まわりは木場の名物のひとつになっている。

お須磨がこんなことをするようになったのは四年前、夫の善助が卒中で寝たきりになってからである。

二十二歳のとき紀州屋の嫁になり、二十五歳で夫にかわって紀州屋を仕切る女主人の座につくことになったとき、気性の荒い木場人足を束ねていくには並のことをしていては店がもたないと決心したのだ。

木場の主人は、材木の買いつけで家にいることはめったにない。

木場の問屋仲間とのつきあいはもちろん、客との駆け引き、公儀役人の接待にいたるまで内儀が仕切るのが習わしになっている。

もちろん材木の目利きや、値段の交渉は番頭がついているが、主役はあくまで内儀がつとめる。

ふつうの商人の娘では木場の内儀はつとまらないと言われているのは、そのためである。

お須磨は幼いころから勝ち気な気性で、漁師や船乗りの子供を相手に遊んでいたから、木場人足たちの気性は飲み込んでいた。

かれらは主人顔をして頭ごなしにおさえつけようとすると臍をまげるが、ときおり酒をふるまったり小遣いをやったり、女房子供に気くばりをかかさないようにすると素直に喜ぶし、よく働いてくれるものだ。

いっぽうでは咎めるときは厳しく叱りつける。この飴と鞭の使い分けで、お須磨は夫の善助よりも人足から慕われるようになっていた。

印半纏を羽織って朝まわりをするようになったのも、女手ひとつで紀州屋をしょって立っているのだという気概を見せるためだった。

それればかりではなく、お須磨は寝たきりの善助の世話も女中まかせにはせず、下《しも》の世話もし、入浴させるときも、みずから垢すりをしてやったから、番頭をはじめ女中たちも「あんなできたおひとはいない」と評判も上々だった。

その日も朝まわりをすませると、善助を抱き起こし、溲瓶《しびん》をあてがい小便をさせ、寝巻を着替えさせたあとで風呂に入った。

お須磨の入浴中は湯殿の外に常という婆やがひかえていて、だれひとり近づけさせなかった。

常は四十九歳、お須磨が紀州屋に嫁入りするときに実家からつれてきた女中で、お須磨の身のまわりの一切をまかされていた。番頭といえども常にはさからうことができなかった。

板壁も、湯船も木曽檜で造られた贅沢な湯殿で、お須磨はたっぷり半刻近くを過ごす。この湯殿だけが、お須磨がもっとも寛ぐことができる場所だった。

お須磨は二十九歳になるが、かがやくような裸身は年とともに磨きがかけられ、われながら惚れ惚れするほどだった。

澄みきった湯のなかにのびのびと手足をのばし、お須磨は放心していた。子を産んだことのない乳房はすこしのゆるみもなく、むっちりと張りがある。薄い桜色をした乳首を指先でもてあそびながら、お須磨は初めて自分を女にした男のことを思いうかべていた。

五

マリオ・ペドロ。ポルトガルの交易船で航海士をしていた男だった。

嵐で船が難破し、洋上をただよっていたところを父の持ち船に救いあげられた。抜け荷をしていた父はポルトガル船との交易に利用できると考え、屋敷内にかくまった。ペドロは目が碧《あお》く、金色のやわらかな髪をした長身の美男子だった。

そのころ十七歳だった須磨はペドロに強い興味をいだいた。

海の彼方の遠い国への憧れもあった。なによりもペドロは父が使っている荒くれ者とちがって優しい目をしていたし、ときおり見せる孤独な影が須磨の娘ごころをくすぐった。

半年ほどたつとペドロはたどたどしい日本語を話すようになった。

須磨は人目を盗んでペドロからポルトガルのことを聞きかじった。

赤い屋根と白い壁に彩られ、青い海にかこまれたポルトガルに須磨は憧れた。

ペドロは胸に細い金の鎖をさげていた。鎖には紅玉をあしらった薔薇の花の彫り物がついていた。

ペドロは早朝、ひとりで薔薇の彫り物に唇をおしあて、指で胸に十字を切り、西の空を仰いで祈りを捧げていた。

それが切支丹の祈りだということは須磨にも、すぐにわかった。

切支丹は公儀のご禁制である。密告されたらペドロはもちろん、父も磔柱《たっちゅう》にかけられ火炙《ひあぶ》りにされる。

須磨は気が気ではなかった。その年の夏の夜、須磨は大胆にもペドロがかくまわれている土蔵の部屋をひとりで訪れ、切支丹の神に祈ることをやめるように懇願した。ペドロはこぼれるような笑みをうかべると、

「セニョーラ・スマは、わたしのマリアさまです」

とささやいて、須磨の手をとって口づけをし、訴えかけるような熱い眼ざしで須磨を見つめた。その眼ざしがなにをもとめているのか、須磨にはわかった。

ペトロの腕が須磨を抱きよせたとき、須磨はみずから唇を重ねていった。


「ああ、ペドロ……」

須磨は湯のなかに身を沈めながら、鮮やかに浮かびあがった薔薇の刺青をいとしげに愛撫した。

薔薇の刺青は須磨のペドロへの愛の誓いの証しであった。

熱烈なマリア信徒だったペドロとの絆を永遠のものにしたいと願った須磨は、ひそかに伊豆の彫物師のもとに通い、腹に薔薇の刺青をいれたのである。

女の下腹はめったに人目にさらすことはない場所だからだ。

ところが、ペドロは二年後に安房を去ってポルトガルに帰国してしまった。

須磨の腹には薔薇の刺青と、ペドロからうけた愛撫の記憶だけが残った。

ペドロを忘れようとして、須磨はさまざまな男とまぐわった。

男と肌をあわせているあいだだけは何もかも忘れることができた。

二十一歳のとき、紀州屋善助に見そめられた。断っても善助はあきらめようとしなかった。

須磨は思い切って善助に腹の刺青のことを告げた。ペドロとのことも話した。

しかし、それでも善助はあきらめなかった。

吉原の遊女を身請けして妻にする男もいる。世の中で須磨の刺青を見ることができるのは、わたしだけだと思えば、むしろ男冥利につきる。

その善助の言葉に嘘はなかった。

いい夫にめぐりあえた。そう思ったのも束《つか》の間《ま》、妻になって三年目に夫は卒中で倒れ、寝たきりになってしまったのである。

紀州屋の身代を女ひとりで背負うことになった須磨は、寝食も忘れて商いに専念した。

ところが、紀州屋の商いは左前になりつつあった。

なんとか起死回生の手を打たなければと須磨は焦った。

そのころ公儀御用の入札があった。材木の費用だけでも総額二万七千両にのぼる巨額の入札だったが、この入札の鍵は作事奉行の稲葉掃部助《かもんのすけ》がにぎっていた。

須磨は千両という大金を掃部助に贈り、紀州屋に助力を懇願した。

かねてから須磨の美貌に目をつけていた掃部助は、小判よりも須磨の女体をもとめたのである。

須磨は目をつぶって掃部助に抱かれた。

刺青は妬心の強い夫が、須磨をつなぎとめておくために無理にいれさせたものだと言って切り抜けた。

入札は成功し、紀州屋は息を吹きかえしたが、掃部助と須磨の秘事はそれからもつづいた。掃部助が熟れきった須磨の女体に溺れたということもあったが、須磨もまた夫が寝たきりになってからの女体の渇きを掃部助によって埋めたのである。

そのことに悔いはない……。

掃部助の助力がなかったら、紀州屋はとうに店じまいをしていただろう。

いま、須磨の悩みは弟の玄次郎のことだった。

まさか玄次郎があんな惨いことをしてのけるとは……。

須磨は鋭く身ぶるいすると、湯船を出た。

ほんのりと色づいた須磨の白くかがやくような裸身に、鮮やかな薔薇の花が真っ赤に浮きだしている。

「常」

と声をかけると、湯殿の戸をあけて手ぬぐいをもった常が入ってきた。

常はひざまずき、手ぬぐいで須磨の躰をすみずみまでぬぐう。

幼いころから須磨は常にまかせきりで、自分で躰を拭いたことがない。

「玄次郎をどうしたものか……」

須磨はつぶやきながら、かすかに溜息をもらした。

ふと常が顔をあげた。

「ぼっちゃまを助けてあげてくださいまし。おちいさいときはほんとうに素直で可愛いお子でした」

それだけを言うと、常はまた須磨の裸身を丹念にぬぐいはじめた。

六

二布《ふたの》と肌襦袢《はだじゅばん》をつけた須磨は、青海波《せいがいは》を染めぬいた鶯茶の小袖に洒落柿色《しゃれがきいろ》の帯をしめた。鶯茶の渋い色あいが、色白の須磨に品のいい色気をかもしだしていた。

常に駕籠を呼んでおくように言いつけると、須磨は廊下を奥に向かった。

母屋から渡り廊下でつないだ離れに善助が寝ている。

須磨が入っていくと、善助はげっそりと頬の肉のそげおちた顔を横にひねって見迎えた。

まだ三十八歳の男盛りだというのに、皮膚に艶がない。目もとろんと濁っている。まるきり動けないわけではなく、だれか介添えをしてやれば厠ぐらいには行けるのだが、医者から今度倒れたら命がないと言われ、すっかり気力をなくしてしまっているのだ。

枕元に鈴が置いてあって用があるときは鈴をふって女中を呼ぶ。飯も女中が食べさせてくれるし、尿糞《しし ばば》も御虎子《おまる》を使う。三日に一度、下男と須磨の手を借りて湯につかり、垢すりもしてもらえる。いたれりつくせりの看病が逆に善助から気力をうばってしまったのだ。

「ぐあいはどうですか」

須磨が枕元に座ると、善助は布団のなかからおずおずと手をのばしてきた。

指で須磨の厚みのある太腿をもそもそと撫ぜながら、善助は聞きとれないようなかぼそい声でぼそぼそとなにかつぶやいた。須磨が背をかたむけて耳をよせると、善助はおずおずと問いかけた。

「きょうも……稲葉さまのところ、か」

「なにをおっしゃるのかと思ったら、埒《らち》もないことを……」

須磨はかすかな憫笑《びんしょう》をうかべ、腿のうえの善助を手をとってなだめるように軽くたたいた。

「紀州屋がここまでになったのは稲葉さまのおかげなのですよ。つまらないことをおっしゃらないでください」

善助はあきらめきったように、ちからなく目をとじた。

須磨は夜具に手をさしいれると善助の足腰を丹念にさすってやった。

肉が落ちた善助の躰は骨ばって六十路の老人のようだった。

ひとというものは、こんなにも変わるものなのか……。

商人にしては筋骨もたくましく、毎夜のように須磨を抱いても疲れた顔ひとつ見せなかった善助を思うと、まるで別人のようだった。

かつての善助は太っ腹な男だった。須磨の古傷に嫌味ひとつ言うようなこともなかった。もし、病いに倒れるようなことがなかったら、須磨は紀州屋の内儀として穏やかに過ごすことができたにちがいない。

だが、いまはそんなことは言っていられないのだ。

紀州屋をささえているのは須磨で、いまや善助は生ける屍にひとしい。まだ二十九歳の須磨にとって、これから先のことを思えば、稲葉掃部助との絆を断ち切ることはできない。掃部助の出世は紀州屋の繁栄にもつながる。それに掃部助との関係は、あながち店のためばかりとは言えなかった。はじめは店のために生け贄《いえ》になるつもりで掃部助に抱かれたはずの須磨が、いまでは掃部助の愛撫に躰を灼きつくすような歓びをおぼえるようになっていた。掃部助は四十二歳の壮年である。公儀作事方に辣腕をふるうばかりか、女体のあしらいかたも巧みだった。

生来、須磨には奔放なところがある。つつましやかに見えるが、官能のおもむくままに房事に没頭する。そんな須磨の女体に掃部助も溺れていた。あからさまにはできない密通という後ろめたさが、房事をいっそう濃密なものにするのかも知れない。

いまや須磨と掃部助の絆は切っても切れぬものとなっている。掃部助も紀州屋に便宜を図るかたわら、抜け目なく見返りをもとめる。いわば、どちらにとっても都合のいい、もちつもたれつの間柄だった。

いま、掃部助が望んでいる長崎奉行の役職は、長くて二年、早ければ一年。帰府すれば勘定奉行に任じられるだろう。そうなれば紀州屋もさらにうるおうことはまちがいなかった。

紀州屋を木場随一の豪商にしてみせる。跡継ぎは養子をもらえばいい。その子を自分の手で育てあげる。須磨の望みは果てしもなくひろがるばかりだった。

いま、須磨の胸を煩わせているのは、弟の玄次郎をどうするかということだけだった。

ともかく、玄次郎をなんとかしなくては……。

胸にチクリと棘《とげ》が刺さったような、おぞましい痛みが走った。

障子の外から常の声がした。

「お駕籠がまいりました」

七

吊《つ》り紐《ひも》につかまって駕籠にゆられつつ、須磨は顔を曇らせた。

二ヶ月前、小川町の料理茶屋から使いの者が玄次郎の文《ふみ》をもってやってきた。

文には、いま、この店にいる。会いたいから来てほしいとあった。

六年前、玄次郎は父から千石船を三隻あずけられ、大船頭として異国との抜け荷をまかせられていたが、長兄の嘉門《かもん》が磐根藩内の陰謀に与《くみ》したことから堀江家がつぶされ、以来玄次郎の消息もぷっつり絶えていた。

それが、だしぬけに江戸にあらわれ、呼びだすとは勝手すぎると思ったが、なんといっても血肉をわけた弟である。

ともかく会うだけは会ってみようと駕籠を呼んで、使いの者といっしょに小川町の料理茶屋に行ってみた。

しばらく見ないあいだに玄次郎は骨組みもたくましくなっていた。

月代《さかやき》を青々と剃りあげ、堀江の家紋である違鷹羽を染めぬいた黒紋付きに仙台平の袴をつけた玄次郎は、どこか亡き兄の嘉門を彷彿《ほうふつ》とさせる風貌をしていた。

かつて苗字帯刀を許されていた堀江家の次男という誇りからか、両刀までたずさえている。一見、由緒ある武家の倅といっても通りそうな面構えをしていた。

落魄《らくはく》してみすぼらしい風体をしているのではないかと想像していたが、そんな懸念は杞憂のようだった。

この店には一見《いちげん》の客ではなく、何度か来たことがあるらしい。女中の応対を見れば、玄次郎を上客としてあつかっていることがわかる。

「ややあ、これは姉上、お呼びだてして申しわけない。紀州屋のほうにおうかがいしようかとも思いましたが、ご病気の義兄上《あにうえ》もおられることゆえ、こたびは遠慮しておきました」

挨拶にもそつがなく、須磨は安堵の胸をなでおろした。

顔をあわせてみると、そこは血肉をわけた姉弟だけに、すぐに打ち解けることができた。

玄次郎は堀江家がつぶれたあとも、三隻の船団をひきい、異国との交易をつづけていたが、去年、暴風雨に襲われ、船と水夫の大半を失ったのだと語った。

十数人の水夫とともに板切れにつかまって洋上を漂流し、ようやく大隅半島の海岸にたどりついた玄次郎は、胴巻にもっていた小判で漁船を買い取り、島づたいに北上し、堺港の近くにたどりついたらしい。

玄次郎は抜け荷で稼いだ数千両の金を堺の回船問屋にあずけてあったが、その金で千石船を一隻造らせているところだと豪勢なことを言った。

「噂では姉上は作事奉行の稲葉さまのお引き立てで、公儀御用を一手に引きうけてたいそうな羽振りだそうですな」

「ま、どこでそんな埒《らち》もない噂を……」

「ふふふ、隠されずともよいではありませんか。商人ならだれもがすることだ。うまく袖の下を使って、たんまり儲けなさるがよい」

若いころから抜け荷などという物騒な仕事にかかわってきただけあって、まだ二十六歳だというのにそんなしたたかなことを言う。

「善助どのには気の毒だが、姉上はまだまだ女盛り、まだまだひと花もふた花も咲かせられる」

どうやら、掃部助との間柄も察しているような口ぶりだった。

そして玄次郎は手土産だと言って、螺鈿《らでん》の櫛と翡翠《ひすい》の帯留めをくれたのである。どちらも買えば十両や二十両はする高価な品だが、須磨には品物よりも玄次郎の心遣いがうれしかった。

それればかりではなく、「姉上もいろいろ出費がかさんで大変だろう。なにかの足しになされ」と、五百両という大金をさしだしたのである。

須磨も材木の買いつけで大金を使ったばかりで内所が苦しいところに、掃部助から長崎奉行を射止めるための莫大な工作資金をもとめられていた矢先でもあり、金はいくらあっても足りないほどだった。

あれが玄次郎の手だったのだ……。

いまになってみれば思いあたるが、そのときは玄次郎がそこまで狡猾なことを考えているとは思いもしなかった。

帰ろうとしかけたとき、玄次郎が「弟として、一度、稲葉さまにご挨拶をしておきたいから、ご都合のよいときを聞いておいてほしい」と言われた。

迷ったが、掃部助に話してみると、「そちの弟とあれば会わぬわけにはいくまい」と気軽に承諾し、数日後、ふだんはめったに使わない田所町の別邸で玄次郎と会ってくれた。

そのとき玄次郎が手土産がわりにと持参した献上品が掃部助を喜ばせた。

それは清国渡りの品で、三尺余（約一メートル）の精巧な象牙細工の飾り物だった。象牙のなかをくりぬき、内部に象牙を彫って造られた清国の美女が数人、艶《あで》やかに舞っている。

象牙は南蛮の渡来品で、将軍家か、よほどの大名家でなければ手に入らない貴重な物だ。

献上品には馴れている掃部助も、これほどの珍品を贈られたことはなかったのだろう。

上機嫌になった掃部助は、玄次郎が大坂の回船問屋に頼んで造らせている千石船ができてくるまで、姉に会いがてら江戸を見物したいと思っているが、なかなかいい宿がなくてうんざりしていると聞いて、「ならば、この別邸を使うがよい」と言い出したのである。

あれが悪夢のはじまりだった……。

玄次郎はさっそく別邸に居候をきめこむと、たちまち留守居役をはじめ女中から下男にいたるまで金をばらまき、手なずけてしまった。

つぎに玄次郎は大坂から呼びよせたという船頭や水夫《かこ》まで別邸につれこんでしまい、空いている長屋棟に住まわせてしまったのだ。

さすがに心配になった留守居役の老人が掃部助に伺いをたてたが、幕閣の裏工作に忙しい掃部助は、「めったに使うこともない屋敷だ。大坂に帰るまで泊めてやるがいい」と無造作に聞き捨てにしてしまった。

十日ほどすぎたころ、玄次郎は留守居役の老人を通じ、水夫たちの食い扶持だと言って千両という大金を掃部助に献上したのである。

さすがに気になったのか、掃部助が別邸に足を運んでみたところ、船頭や水夫たちは見るからに潮焼けした海の荒くれといった風貌だったが、不躾《ぶしつけ》なところはなく礼儀も心得ている。掃部助は安堵したらしく、別邸のことは気にもとめなくなった。

しかし、このころから須磨は妙に胸さわぎを感じはじめていた。

玄次郎の金の使いっぷりにキナ臭いものをおぼえたのである。

ちょうど江戸では肥前屋が押し込みに襲われ、家人が皆殺しにされるという凶悪事件が起きた直後でもある。

もしや……。

不吉な予感がして、玄次郎に使いをだし、熱海の出井亭《いずいてい》に呼びだした。

問いつめると玄次郎はこともなげに一笑したが、双眸《そうぼう》は人を食ったようなふてぶてしい炯《ひか》りをはなっていた。

「断っておくが、姉上や稲葉さまがおれをあげつらうことなどできないはずだと思うがね。姉上との不義密通がおおやけになるだけでも大事だが、おれが献上した千両の出所を詮索したら、困るのは稲葉さまのほうじゃないのか」

玄次郎は嘲笑うような目を須磨に投げかけた。

「ま、よけいな忖度《そんたく》はしないがいい。そう長く江戸にいるつもりはないんだ。年が明けたら大坂にいくつもりだから、姉上から稲葉さまにそうつたえておいてもらおうか」

まちがいない……。肥前屋の一件は玄次郎の仕業だ。

そのとき、須磨は確信した。

だが、それを掃部助に告げることはできなかった。

年明けには江戸からいなくなるという玄次郎の約束をあてにするほか、いまの須磨にできることはなかった。

八

いつも使う平右衛門町の茶寮についてみると、稲葉掃部助はすでに来ていた。

いつもの磊落《らいらく》なようすはどこにもなく、あからさまな不機嫌さを隠そうともせずに須磨を見迎えた。

「別邸で刃傷沙汰《にんじょうざた》があったそうだが、玄次郎からなにか聞いておるか」

「いいえ、なぜ、そのようなことが……」

「くわしくはわからん。留守居の者の申すところによると、曲者が侵入したのを玄次郎が見つけて斬り伏せたということにしてすませたが、実情は玄次郎が配下の浪人者を成敗したということらしい」

「その浪人者が屋敷の女中を手ごめにしようしたので、見せしめのために成敗したらしい」

「成敗……」

「ま……」

須磨はひそかに胸をなでおろした。

「それならやむをえぬことではありませんか。おなごを手ごめにしようとした不埒者を捨ておくわけにもまいりますまい」

「ところが、そのあと町方の手先らしい者が屋敷のまわりをうろつくようになったそうな」

「町方と申しますと……」

「八丁堀の不浄役人どもじゃ」

「まさか……」

「須磨。あの玄次郎は大坂でなにをしておったのだ。よもや御法にふれるようなことをしてきたのではあるまいな」

「殿。玄次郎は船乗りでございます。荒くれどもをしたがえておりましたら、ときには手荒なこともしなければなりませぬ。亡くなりました父も、使っておりました水夫《かこ》が過ちを犯したときは容赦なく成敗いたしました。大海原を相手の者どもゆえ、陸《おか》の掟より厳しい措置をとらねばしめしがつきませぬ」

いつか須磨は弟を庇う口ぶりになっていた。

「それに過日、殿も玄次郎がさしあげた千両をおうけとりになったではありませぬか。多少のことは目をおつぶりくださいまし」

「う、うむ……」

痛いところをつかれて掃部助も狼狽した。

「ま、曲者を成敗したということでことなきをえたようだから、そのことは咎めだてするつもりはない。じゃと言うて別邸とはいえ、屋敷のまわりを不浄役人どもにうろつかれるのは不愉快きわまりない。一日も早く玄次郎に別邸から立ち退くようにつたえるがよい」

大金をうけとったことには口を拭って、勝手なことを言う。

男勝りの気性だけに須磨はいささか腹だたしさをおぼえたが、いま、玄次郎に臍《へそ》をまげられては何をしでかすか知れたものではない。

「案じられますな。年明けには江戸を離れると申しておりましたから、いましばらくは捨ておいてくださいまし」

「そうか、年明けに……な」

所詮は五千石の大身旗本の殿さまだけに、腹もたてやすいが、なだめられるとすぐにおさまる。

「ならばよし。いま、ことを荒立てるのはまずいゆえな」

そう言うと掃部助は手をのばし、須磨をぐいと抱きよせた。

「間もなく長崎奉行のことで、間部《まなべ》さまのご裁断がくだるそうじゃ。老中方のご意向はほぼきまっておるゆえ、まず、わしに沙汰がくだると思うが、つまらぬことで味噌をつけては、これまでの労苦が水の泡じゃ。玄次郎には、きっと年明けに別邸から立ち退くよう、そちから厳しく申しつけてくれ」

都合の悪いことは人におしつける。虫のいい人だと思った。

そもそもが、空閨のむなしさを埋めようとして躰をつなぎあわせた間柄だったから、心が冷えるのも早い。

ただ、いまとなっては玄次郎が江戸から消えてくれるまでは田所町の別邸にいてもらわないと、須磨の身も危うくなりかねないのだ。

掃部助の屋敷にいるかぎり、八丁堀も玄次郎に手を出すことはできない。いまは、それを願うだけだった。

須磨は深くて暗い闇の底をのぞいているような気がしてきた。

身八つ口から手をいれられ、乳房をなぶられていると、房事からひさしく遠のいていた須磨の五感が甘く疼きはじめ、嫌な予感も薄らいできた。

須磨を横抱きにすると掃部助は気忙しく、裾前を割ってきた。

「殿……ここでは」

「気にせずとも、わしが呼ぶまではだれもこぬよう申しつけてあるわ」

口を吸いつけられ、掃部助の首に腕を巻きつけた須磨は、もういっぽうの手で帯締めをときはじめた。

裾前からはみだした白足袋の足がくの字におれて畳を這った。

九

昨日から降りはじめた雨がこやみなく降りつづいている。

神谷平蔵は敷居に腰をおろし、膝小僧をかかえ、猫の額ほどの裏庭をぼんやり眺めていた。

先日、ここを襲った曲者二人を斬り殺してからというもの、診療所に来る患者の足がばったり途絶えている。

いつもは気さくなむかいのおきんも、路地で顔をあわせると作り笑いをしてみせるものの、気軽に声をかけてはこなくなった。

無理もない……。

なにしろ、おきんは血腥《ちなまぐさ》い斬撃《ざんげき》を目撃したのだ。怯《おび》えるのが当然だった。

おきんばかりではない。この長屋のだれもが平蔵を、いままでとはちがう目で見るようになった。

平蔵が医者でありながら、剣客でもあることはだれもが知っていたが、それは長屋の外でのことだった。

このせまい長屋で白刃をふりまわし、曲者とはいえ二人も人が斬り殺されたばかりか、斬ったのが日頃「せんせい」と親しんでいた神谷平蔵だったというのは大変な衝撃だったにちがいない。

それが、ふつうの平凡な人間の感覚というものだ。

ま、おのれで蒔《ま》いた種だ。文句は言えん……。

しばらく時がたてば、ここの住人の記憶もうすらいでくるだろう。

いずにせよ、二度とここで斬りあうようなことはしたくなかった。

一日も早く、堀江玄次郎との決着をつけたい。

軒端《のきば》からポツンポツンと間断なく滴り落ちる雨垂れを見るともなく眺めていた平蔵の双眸が、ふいに鋭く炯《ひか》った。

畳の上に置いてあった肥前忠吉の脇差しを手繰りよせた。

柄《つか》に手をかけ、雨垂れを凝視した。

雨垂れは一筋につながっているように見えるが、一滴一滴が落ちてくるのに間がある。その間が短いために、あたかも一筋の糸のようにつらなって見えるのだ。

平蔵は肥前忠吉を腰脇に引きつけると、柄を手に腰を浮かした。

一閃、平蔵は白刃をふるった。

ピッと雨垂れの糸が寸断され、鍔鳴《つばな》りの音がして白刃は鞘におさまった。

が、平蔵の双眸は険しくなった。

「ちがうな……」

白刃がよぎったとき、かすかな水しぶきが飛んだのが気にいらない。

雨垂れの一滴を乱れることなく斬り裂かなければ、「霞の秘太刀」とは言えないからだ。

蠟燭《ろうそく》の火を寸断しても、炎がゆらぐことなく真二つになる……。

それが佐治一竿斎から伝授された秘太刀の神髄だった。

雨垂れを凝視し、平蔵はくりかえし白刃をふった。

くりかえしても、くりかえしても、白刃が雨垂れを薙《な》ぐたびに飛沫が散る。

「いかん」

平蔵は自嘲の溜息をもらした。

心気が苛立っているのが、自分でもわかる。こういうときは、何度くりかえしても納得できるような太刀は遣えないものだ。

脇差しを畳に投げだし、ごろりと仰向けになったとき、

「平蔵さん……」

土間からおずおずと声がした。

「うむ……なんだ、洪介か」

「なんだやないで。怖い顔して、昼間から刀ふりまわしたり、気狂いでもしたんかと思うたがな」

渕上洪介がふうっと太い安堵の息をついて茶の間にあがりこんできた。

「どないしたんや……」

首をのばして隣の三畳間を見やって声をひそめた。

「文乃さんは買い物か」

「いや、磐根藩の屋敷にもどした」

「ははぁ、もう夫婦喧嘩でもしたんか」

「ばか。きさまといっしょにするな」

「それはないやろ。おれはれっきとした独り身やで……喧嘩しようにも相手がおらんわ」

「ふふふ、そうか、そうだったな」

「なんや知らんけど、女っ気のない家ちゅうのはしんきくさいもんやな」

「なにをぬかしやがる。それこそ独り者の洪介に言われたくないセリフだぞ」

「言わんといてくれ。うちにはちゃんとひねた毛まんじゅうが住みついとるやないか。ちょっと太めなのが、いただけんけどな」

「あ、これは一本とられたな」

洪介のいうのは飯炊きに雇った、おとしという女である。

「それにしても太めの毛まんじゅうはないだろう。おとしさんは気立てもいいし、器量だって十人並みでとおる。飯炊きにはもったいないくらいのおなごだよ」

「へええ、あんなのが平蔵さんの好みなら、ちょいと声をかけてみたらどうや。

夜這いしにくるかも知れんで」

「けっ！　おまえはすぐそれだ」

「診療所のほうは休診なのか」

「ま、目下は開店休業みたいなもんだ」

「ええなあ、人間、たまには息抜きせんと身がもたん。どうや、たまには深川の櫓下《やぐらした》の芸者でも揚げてパッといこか、パッと」

「そんな気分にはなれんよ。近場の居酒屋ぐらいならつきあってもいいがね」

「よっしゃ、それでいこう」

あいかわらず遊ぶことしか考えない気楽な男だが、こういう長雨ですっきりしないときは洪介相手に一杯飲《や》るのも悪くない。

まだ七つ（午後四時）すぎ、飲むにはすこし早すぎるが、誘われるまま番傘をさして出かけることにした。

隣町に手頃なおでんやがある。だれか急患が来たときのために木戸番の親爺に声をかけておいて、醤油で煮しめたようなおでんやの暖簾《のれん》をくぐった。

十

すこし酒が入ると洪介は上機嫌になって、だれかれなしに振る舞いたがる癖がある。故郷を離れて人恋しいせいもあるが、生来、人としゃべるのが好きなのだ。銚子の一本も奢られれば悪い気はしないから、話し相手がすぐできる。

今日も隣りあわせた瓦職人に、「ま、いっぱい」から始まり、京瓦と江戸の渋谷瓦のよしあしから話がはずみ、上方女と江戸女とどっちがいいかという話になると、もうとまらない。

「上方女はいまにも落ちそうにみえて落ちよらん。男をじらすのがうまいのは上方女やなぁ」

「そんな焦れってぇのはまっぴらだね。女の尻をちょいと撫ぜりゃ、ピシャリとひっぱたかれる。そんときの女の目つきを見りゃすぐわかる。おいら、しちめんどくせぇのはまっぴらだ」

他愛もないやりとりに、平蔵、しばらくつきあっていたが、いつまでもだらだらつきあっちゃいられないから先に帰ることにした。

暖簾をくぐり番傘をひらいて路地に出ると、雨は小降りになっていた。

パラパラと傘に落ちる雨音がなんとも侘しい。

帰ったところで、だれが待っているわけでもないと思うと、ふと文乃がいたときのことを思いだした。帰れば灯りがともり、台所で包丁を使う音がトントントンと聞こえてくる。なんとも心地よいものだった。

おれもヤワになったもんだな……。

苦笑いを嚙《か》みしめながら新石町《しんこくちょう》の木戸にさしかかると、番小屋のなかから斧田が声をかけてきた。

「ずいぶんとご機嫌だったようですな」

懐手をしたまま、平蔵の傘に躰をいれてきた。

「ふふ、男同士の相合い傘じゃ、さまになりやせんね」

にやりとすると肩をよせてきて、声をひそめた。

「やつら、近いうちに穴から這いだしますぜ」

「うむ？」

足をとめて斧田を見返した。

「なにか、それらしい気配でもあるのか」

「ないねぇ。なんにもなさすぎる。なさすぎるのが逆にくせぇのさ」

「ふうむ」

おおかた斧田の勘ばたらきというやつだろう。

斧田と知りあってから、熟練の同心の勘ばたらきには並の者では推し量れない鋭敏なものがあると平蔵は感じていた。

「近いというと、いつごろだと思うね」

「店に金が集まり、人の気がゆるむ大晦日《おおみそか》か、年明けというところだろうが、晦日は夜中までせわしいし、初詣のために眠らねぇ人も多いから、まずは正月、それも松の内だろうよ」

「めあては、やはり……」

斧田は老獪《ろうかい》な顔でうなずいた。

「万が一ということもあるが、まず十中八九は……」

「よし、その捕り物、おれにも手伝わせてくれぬか。雑魚《ざこ》はともかく、堀江玄次郎だけはおれにまかせてもらおう」

「ふふ、そうくるだろうと思ったよ」

斧田は満足そうにうなずいた。

「今度の相手は並の盗賊じゃない。神谷さんが手を貸してくれりゃ、こっちも心強いというもんだ」

どうやら、斧田は初手から平蔵の剣をあてにしてきたようだった。

十一

猫の手でも借りたいという師走《しわす》である。

もう五つ半（午後九時）をすぎようかという時刻だが、本両替町の店はどこでも大戸をあけて商いに余念がない。一年でもっとも忙しい時期だった。

店内からあふれだす灯りや、店頭の行灯看板の灯りで通りは提灯なしで歩けるほど明るく、往来の人の絶え間がない。

長雨がようやくあがりかけていたから、傘をさしている人はほとんどいなかった。平蔵は着流しに脇差しを帯び、下駄ばきという気楽な普段着のままで、羽織の裾を巻きあげた同心姿の斧田晋吾の後ろ姿を見ながら後からついていった。

どこで一味の仲間が見ているかわからない。八丁堀といっしょにいるところを見られないための用心だった。

駿河屋は常盤橋御門《ときわばしごもん》と呉服橋御門のあいだにある。

間口十間《けん》（約十八メートル）、江戸で五本の指に入る大店《おおだな》である。

両替商は本来、金銭の両替が本業だが、なんといっても商人から預かった金を貸して稼ぐ金利が莫大だった。預かった金には利息をつけないから、両替商はその金を貸し出しにまわして金利を稼ぐ。人の金を右から左にまわすだけで稼げる仕組みになっていた。

これは、通貨が小判から文銭《もんせん》にいたるまで硬貨になっているため、金蔵のない商人は稼いだ金を蓄えておく場所にも困るし、火事や盗人の用心のためにも両替商に預けたほうがいいということからできた仕組みだった。

預けた金は通い帳で引き出せるし、為替手形で上方との決済もできるから、商人にとって両替商はなくてはならない存在だった。

斧田が駿河屋に入るのを見届け、しばらく遅れて平蔵が店に入っていくと、すぐに手代らしい男がするすると近づいてきて奥に案内した。

すでに主人の庄右衛門と面談していた斧田が、

「や、駿河屋さん。こちらが、いま、話した神谷平蔵どのだ」

駿河屋の主人の庄右衛門は五十年配、痩せぎすの見栄えは貧相な男だったが、さすがに江戸でも屈指の大商人だけあって肝はすわっていた。

「これはこれは、わざわざお運びをいただきまして恐れいります。手前が駿河屋庄右衛門にございます。このたびは、とんだご心配をおかけいたしまして、申しわけございませぬ」

鶴のように細い首をおりまげて丁重な挨拶をした。

「斧田さまからおうかがいしたところによりますと、手前どもの店が押し込みに狙われているということで、いや、物騒なことだと、たまげております」

温和な顔でほほえみかけた。一向にたまげたようすはない。

いまどきの武家など足元にもおよばない、たいした器量人だと、平蔵、腹のなかで舌を巻いた。

「手前どもの身代などたかが知れたものでございますし、たとえ盗人にそっくり奪われたところで、金はまた稼ぐことができますが、店の者に危害がくわえられるようなことがあっては一大事。……ここは、もう斧田さまのおっしゃるとおりにいたしますので、ひとつ、よろしくお願いいたします」

また、畳に額をこすりつけんばかりにていねいな辞儀をした。

庄右衛門が頭をあげて奥に向かって手をたたくと、すぐさま女中が酒肴《しゅこう》の膳を運んできた。

「ほんの、お口よごしでございます。さ、どうぞ」

庄右衛門が銚子を手にすすめてくれた。

銚子も盃も、高麗焼《こうらいやき》らしい青磁の上物だった。

十二

「ほう、するとなにか、きさまは駿河屋に住み込みで年を越すことになるのか」

矢部伝八郎がなにやら羨ましそうな声をあげた。

「ま、斧田さんと相談したあげく、そういうことにしたのさ」

「ええのう。つまりは駿河屋の客分ということになる。さぞかし、酒も肴も上物を奮発するだろうて。……できりゃ、おれが代わりたいくらいのものだ」

そばで聞いていた井手甚内が口をへの字にして、たしなめた。

「おい、言葉をつつしまんか。神谷は遊びにいくわけじゃない。命懸けの用心棒にいくんだぞ。酒や肴などと呑気なことを言ってはおれんのだ」

「ん？　ははは、いや、こりゃ、ちとまずかったかな」

照れ臭そうにぺろりと舌をだして、伝八郎、つるりと顎《あご》を撫ぜた。

「とは言うものの、やつらが駿河屋に押し込んでくると、きまったわけでもなかろうが。ほかに目をつけておるということもある。そうなりゃ、うまい酒を飲んだぶん儲けものということになる」

伝八郎、どこまでも飲み食いにこだわる。

「いや、おれとしちゃ、やってきてもらわんと困る」

「なぜだ。タダ酒の飲み逃げは気がひけるというのか」

「わからん男だな」

また井手甚内が渋い顔になった。

「神谷は早いところ、堀江玄次郎とのケリをつけてしまいたいんだろうよ。な、そうだろう」

「ああ、駿河屋には悪いが、ぜひにも押し込んでこいという心境だ。ここで肩すかしを食ったら、またぞろ遺恨を引きずったままになりかねんからな」

「ふうむ……」

伝八郎はむんずと腕を組んで唸《うな》った。

「よし、神谷がそういうつもりなら、おれも竹馬の友として一臂《いっぴ》の助力は惜しまんぞ。その気配を感じたら、いつでもかまわん。すぐ使いをよこせ。なに本両替町なら、ここからひとっぱしりだ。すっとんで加勢に駆けつけてやる」

「おい、わしがいることも忘れてもらっちゃ困る。友の危難を見すごしたとあっては家内にも顔向けができん」

井手甚内も膝をのりだしてきた。

「かたじけない」

平蔵、頭をさげながら、胸が熱くなった。

「しかしな、貴公らの友情に水をさすわけではないが、やつらはいつ押し入ってくるかわからんのだ。使いを走らせる暇があればよいが、ぶっつけに立ち向かう羽目になる目のほうが高い。ま、出たとこ勝負だと思ってくれ」

これは平蔵の本音だった。

おそらく敵はざっと十数人、それも殺戮《さつりく》には手馴れたやつばかりだ。

斧田はともかくとして、奉行所の捕り方というのは武士を捕縛《ほばく》するということはなく、せいぜいが破落戸《ごろつき》相手の捕り物しかやっていないと見ていい。

しかし、今度の敵は海賊あがりで剣客あがりの浪人もまじっているはずだ。

ひとりで立ち向かうには骨がおれる相手である。できれば伝八郎や甚内の加勢がほしいところだが、いつ襲ってくるかわからない賊を迎え撃つのに使いを走らせる余裕があるとは思えなかった。

「ともかく、おれはそれまで道場に通って腕を鍛えておくつもりだ。せいぜい稽古相手になってくれ」

「言うまでもないわ。こうなったら門弟どもの稽古などやっちゃいられん。圭之介か、精一郎にまかせて、存分にきさまの相手をしてやるぞ」

「神谷。例の佐治先生から伝授された霞の秘太刀、あれはきっと乱戦に役立つと思うぞ」

「うむ。実は、あの秘太刀におれなりの工夫をくわえた新しい太刀筋にとりくんでいるところだ」

「ほう」

「それは聞き捨てならんな。どんな工夫をしたのか、ひとつ披露して見せろ」

「いや、まだ貴公らに披露するまでにはいたっておらんのだ。そのうち見てもらうつもりだが……」

「おい。まさか出し惜しみしておるわけじゃなかろうな」

「ばかを言え。貴公らに出し惜しみなぞせん」

「それにしても……」

甚内がぼそりとうめいた。

「神谷はよくよく剣難に縁があるのう」

「なに、神谷なら屁《へ》でもないさ。だいたいが女にもてすぎるのがいかんのだ。女難は剣難を呼ぶというからな」

冷やかし半分で伝八郎がほざいた。

「女難……」

「そうとも、きさまが女にかかわるたびに物騒な事件に巻きこまれるじゃないか。これを女難と言わずしてなんと言う」

「ううむ……」

これには平蔵、一言もない。

「なに、女難、おおいにけっこうではないか」

かたわらから甚内がぼそりと口をはさんだ。

「わしも男子と生まれたからには、一度ぐらいは神谷にあやかって女難とやらにあって苦労してみたいものだ」

生真面目な甚内が真顔でそんな述懐をもらしたから、平蔵と伝八郎は思わず吹きだした。

十三

平蔵は森閑と静まりかえった駿河屋の奥座敷で刀に打ち粉をくれていた。

この愛刀は亡父遺愛の大坂鍛治の刀匠井上真改《いのうえしんかい》の作刀で、板目肌に地沸《じにえ》が厚く、鍛えに地景《ちけい》が入っている。互《ぐ》の目をまじえた沸に金筋が入った気品のある刃文から大坂正宗とも呼ばれている名刀だ。

この愛刀で平蔵は幾度となく危機をしりぞけてきたが、いまだに刃こぼれひとつなく、刀身は鏡のように澄みきって、手にしているだけで心機が冴えてくる。

廊下を踏む足音がして女中の咲《さき》が膳をもって入ってきた。

「あの、夕餉《ゆうげ》をおもちしましたが……」

声をかけたまま、咲は黒目がちの目を見ひらいて棒立ちになった。

「おお、咲さんか」

ふりむいたが、咲の目が刀に釘付けになっているのに気づき、目を笑わせた。

「そうか、物騒なものを見せてすまなんだな」

刀を鞘におさめると、咲の顔に安堵の色がひろがった。

「なに、賊がかならず襲ってくるときまっているわけではない。たとえ押し込んできたとしても、そなたに危害をくわえさせるようなことはさせぬゆえ、安心して眠るがよいぞ」

「不作法なところをお見せいたしまして、申しわけありませぬ」

咲は膳を平蔵の前に置くと、両手をきちんと膝前にそろえて詫びた。

さすがに大店《おおだな》の内女中だけあって、礼儀作法の躾《しつけ》も行き届いている。

夕餉の膳には鮃《ひらめ》の刺身、慈姑《くわい》の煮物、湯葉と分葱《わけぎ》の酢味噌和《あ》え、鴨《かも》の吸い物など、伝八郎が見たら垂涎《すいぜん》ものの馳走が出されていたが、伝八郎がうらやんでいた銚子は置いてなかった。

平蔵が夕餉に酒は無用と念をおしておいたのである。

徹夜で用心棒をつとめようというのに酒は禁物だったからである。

「これは馳走じゃの」

顔をほころばせて平蔵が膳に向かったとき、庄右衛門が入ってきた。

「お申しつけのとおり、息子夫婦と大番頭だけには事情を話しましたが、ほかの者には一切知らせておりません」

「おお、それがよい。いらざる不安をあたえることはないし、また口外されても困るゆえな」

「はい。それに、この咲をのぞいた女中や丁稚《でっち》たちは日の暮れぬうちに里帰りさせました。また番頭や手代はそれぞれ通いでございますゆえ、松の内は店におりますのは手前と倅《せがれ》、それに咲の三人だけでございます」

「ほう、嫁女はどうなされた」

「嫁には親にも口外せぬよう申しつけ、孫をつれて里に帰しました」

庄右衛門は柔和な目をかすかにしばたたいた。

「孫に万一のことがございましたら駿河屋が絶えてしまいますゆえ」

「もっともなことだが……」

ちらと平蔵はうしろにひかえている咲に目をくれた。

「この娘《こ》は里帰りさせなんだのか」

「咲は双親《ふたおや》がおりませぬゆえ、嫁の里についていくよう申しましたが、なんとしても店に残ると言ってききませぬ」

「ほう……」

いぶかしげに咲をふりかえると、

「わたしがいなかったら食事の支度をするものがいなくなってしまいます。それにここが、わたしの里でございますから……」

咲は含羞《がんしゅう》を頰にのぼせながら、きっぱりした口調で言った。

「ここが、里か……」

「はい。わたしは双親を亡くした五つのときから、旦那さまにわが子のように慈《いつく》しんでいただきました。旦那さまのいらっしゃるところが、わたしの家でございます。ここよりほかに行くところなどございませぬ」

「ううむ……これはみごとな覚悟じゃ」

平蔵は唸った。

「いまどき武家のおなごでも、これだけの覚悟ができている娘はめったにおらぬ。駿河屋さんが、よほど慈しんでこられた証しだの」

「とんでもございませぬ……」

いそいで片手をふった庄右衛門の目頭がうるんでいた。

「ほんとに、もうききわけのない子でして……」

「なんの、駿河屋さん親子と咲の三人だけとあれば守るにも守りやすい。万一、賊が押し入ってまいっても、それがしが命にかえても守りとおすゆえ、すこしも案じられるな」

「ありがとうございます。いまは、ただ神谷さまだけが頼りでございます」

そう言いながらも、庄右衛門の表情には微塵《みじん》も臆したところが見られなかった。

「よいか、もし賊が押し入ってきたら、三人とも内蔵《うちぐら》に入ってもらう。内鍵をかけて、おれがよいと言うまで扉をあけてはならんぞ」

さいわい駿河屋は廊下に面し、厚い白壁で塗りこめた内蔵がある。扉も二重になっていて、火事になっても蔵のなかには火がまわらないよう、堅牢《けんろう》に造られていた。

あのなかに入れば、めったに三人に危害がおよぶことはあるまい。

この内蔵が三人の命をあずけられた平蔵の頼みの綱だった。


夕餉をとりおえたころ、庄右衛門と息子の庄太郎、咲の三人が就寝前の挨拶にきた。庄太郎は三十三歳、父に似ぬたくましい体格をしていたが、肝もすわっているらしく、怯《おび》えたようすはなかった。

平蔵は店の大土間に面した座敷に移動し、襖《ふすま》や障子をあけはなった。土間から寒気が容赦なく這いのぼってくるが、見通しがいいほうが闘いやすいと思ったからだ。それに賊が奥に侵入するのを防ぐためにも廊下が見通せるほうがいい。

平蔵は井上真改を膝のあいだにかかえこむと、柱にもたれてあぐらをかいた。

丸行灯《まるあんどん》の灯りを消すと、屋内は深い闇につつまれてしまった。

平蔵は双眸をひらいて闇に目を慣らした。

暗い場所での乱闘では、闇に目が馴れている者が優勢に立つ。

しばらく屋内を眺めているうちに、土間に置かれた客用の椅子、部屋の敷居までがうっすらと見えるようになってきた。

ふいに除夜の鐘が鳴りはじめた。

いよいよだな……。

今夜か、明日か、それとも……。

いつ襲ってくるかもわからぬ賊を、平蔵は凝《じ》っと待ちつづけた。

十四

長い大晦日《おおみそか》の夜がおわり、無事に元旦を迎えた。

平蔵は庄右衛門たちから元日の祝いをうけると、咲がととのえてくれた祝い膳の朝餉をとり、二階の丁稚部屋に敷いてもらった布団に、袴をとっただけでもぐりこんだ。

祝い酒が全身にまわり、平蔵は死んだように眠りこけた。

遠くで八つ（午後二時）の鐘が鳴るのを、うつらうつら耳の奥で聞いていた平蔵は愕然《がくぜん》として跳ね起きた。雨戸をおろした丁稚部屋は薄暗く、とっさには昼と夜の区別がつかなかったのだ。

雨戸の隙間からまぶしい陽光が細くさしこんでいるのを見て、ホッと胸を撫でおろした。よほど熟睡したらしく、躰には微塵の疲労ものこっていなかった。

袴をつけ、枕元に置いてあった肥前忠吉の脇差しを腰にたばさむと、井上真改を手にさげたまま階下におりていった。

奥の座敷で聞きおぼえのある声がぼそぼそと聞こえる。

襖をあけて平蔵は目を瞠《みは》った。

「精一郎じゃないか……」

斧田と顔をつきあわせるようにして何か話しあっていた土橋《どばし》精一郎が、のんびりした顔をふり向けた。

「やぁ、おめざめになりましたか。新年、お祝い申しあげます」

「そうか、正月だったな。……それにしても、きさま、なんだって……」

「ははは、お邪魔虫に来ましたが、いけませんか」

「いや、しかし……」

「文乃どのから、ちくと小耳にはさみましてね。それがしでも、すこしはお役に立つだろうと……」

「う、ううむ」

役に立つどころではない。ふだんは能なしの釣りバカのようにふるまっているが、土橋精一郎は磐根城下の藤枝道場でも並ぶもののなき剣の遣い手である。

江戸に出府してきたときは小網町の道場に稽古にくるが、門弟筆頭の麦沢圭之介とも互角の腕前だ。

「いいのか、藩邸のほうは……」

「なぁに、側用人どのから、元は藩にもかかわりのあることだ、存分に暴れてこいと尻をたたかれましたよ」

「そうか、佐十郎も承知のうえならいいだろう。ただし、容易ならん相手だから見くびるなよ」

念を押したが、内心、ホッとした。

堀江玄次郎は自分が引きうけるとしても、あとの一味徒党に気をくばりながらの闘いはきつい。精一郎がいてくれれば、おおいに助かる。

「神谷さん。今夜が勝負だよ」

斧田の双眸がギラリと炯《ひか》った。

「昨夜は大晦日で、初詣に行くために寝ない人もいる。やつらも動きにくいが、今夜は市中は早くから床につくものが多い。来るとすれば今夜だな」

「ああ、おれもそのつもりでいる」

「四つ（午後十時）がすぎて田所町のほうで半鐘が鳴ったら、やつらが穴蔵から這いだした合図だと思ってくれ」

「半鐘、か……」

「ああ、下っ引きに別邸を見張らせているが、田所町からここまで駆けてくるのでは間に合わん。半鐘を合図にすれば、こっちの手配も早くできる。お奉行の許しももらってある。火の手も見えないのに半鐘が鳴ったら、やつらが来る合図だ」

「だとしたら、今夜は二階の丁稚部屋で待機することにしよう。丁稚部屋の窓からなら田所町は見通しだからな」

「どうするね。やつらを外で迎え撃つか、それとも……」

「いや、いったん、店の大土間にいれてしまう。外で迎え撃っては、取り逃がすかも知れん」

「わかった。やつらが店に入りこんだら最後、町から一匹たりとも出さぬ。北町の与力、同心、捕り方を総動員する手筈になっている」

「ようし、精一郎もぬかるなよ」

「できれば、その前に腹ごしらえといきたいもんですなぁ」

ぬけぬけした顔で精一郎がほざいた。

十五

夕餉をとると、平蔵は精一郎をともなって屋内から中庭にいたるまで念入りに見てまわった。

大金をあつかう商売柄、土塀には盗人返しがつけられているし、雨戸も外から簡単にはずせないよう敷居の外側には外れ止めがほどこされている。

厠《かわや》はすべて内厠になっていて、家人が夜中に用をたすときも、いちいち外に出なくていいようになっていた。厠の小窓にも頑丈な格子が組まれていて忍びこめないよう造られている。

「こいつは、ちょいとした城郭ですね。コソ泥じゃ手も足も出せんでしょう。おれなら見ただけで尻尾を巻いて退散しますがね」

土橋精一郎は感嘆しながら首をひねった。

「いったい、どこから侵入するつもりですかね。これじゃ猫だってもぐりこめそうもありませんよ」

「いや、肥前屋の押し込みのときも、どこから入ってきたのかわからなかったそうだからな。どこかに思いもよらない侵入口があったにちがいない」

「侵入口ねぇ……」

二人は二階にあがってみたが、どの部屋の窓の戸締まりもしっかりしていて、窓をぶちこわさないかぎり入りこめそうもなかった。

「よく盗人は引き込みと言って奉公人を仲間に引きずりこんでおいて、中から戸をあけさせることがあると聞きましたが……」

「その手はここじゃきかんな。肥前屋のときはわからんが、なにせ、いま駿河屋に残っているのは主人の庄右衛門と倅の庄太郎、それに咲の三人だけだからな」

平蔵は台所の土間に立って、高い天井を見あげた。

台所は二階まで吹き抜けになっている。太い梁《はり》は長年、煙でいぶられて黒光りしていた。釜が三つもかけられる大きな竈《かまど》の真上に煙だしの天窓があった。

雨風をしのぐための張りだし屋根がついている。

「おい。あの天窓はどうだ。忍びこめる口があるとすれば、あれしかないぞ」

「ですが、ありゃどう見ても一尺そこそこしかありませんよ。猫ならともかく、三つか四つの子供でも抜けるのは骨でしょう。なんとか抜けられたとしても、縄でもおろさなきゃおりてこられませんよ」

「縄……」

平蔵の目が天窓に釘付けになった。

「前に一度、広小路の見世物小屋で縄抜けを売り物にしている女の芸人を見たことがある。躰が海鼠《なまこ》みたいにやわらかなやつだった。忍びの者のなかには、一尺ぐらいの幅があればらくにくぐり抜ける者もいるらしい」

「ははぁ、忍びねぇ……」

「肥前屋で一人だけ生き残った女中は、厠の落とし口からもぐりこんで肥壷の上で一夜を過ごしたらしい。十二、三の小娘だったそうだが、痩せっぽちの子供みたいな躰をしていたと聞いた」

「そうなると、厠の汲み取り口って手もありますね」

「ううむ。厳重なようでも、どこかに抜け穴があるもんだな」

「ま、出たとこ勝負ですね」

「そういうことだ」

ふたりは顔を見合わせて苦笑した。

十六

遠くで犬の遠吠えがする。

それにこたえるように犬があちこちで吠える。

どこかの屋根で猫の鳴き声がしたかと思うと、天井裏をせわしなく走りまわる鼠の足音がした。

ふたりは二階の丁稚部屋で肘枕をしながら横になっていた。

「こんなところで正月を過ごすことになるとは思わなかったな」

ぼそりと精一郎がぼやいた。

「いつもなら祝い酒を食らってのうのうと眠りこけているころですよ」

「ひとりで、か……」

「そりゃどういう意味です」

「おまえの年なら、女のひとりやふたり、いないはずはなかろうが」

「神谷さんといっしょにしないでくださいよ。わたしは女は苦手だな」

「おかしなやつだな。女に苦手も糞もあるか。おれなんか若いころは顔なんかどうでもいい、女ならなんでもよかったな。伝八郎なんか、さかりのついた犬みたいなもんだ。あっちこっち出っぱってりゃ、もう目の色かえて追っかけやがる」

「ふふふ、神谷さんはどうなんです」

「おれか……ううん、やっぱりおれも行きあたりばったりの口かな」

「そうかなぁ、縫《ぬい》さまに希和《きわ》さまに文乃《あやの》どの……」

「お、おい……」

「そうだ。それに井筒屋のお品さん……」

　精一郎は指をおって、にんまりした。

「みんな評判の美人ぞろいだ」

「おまえ。なんだって、そんなところまで知ってるんだ」

「だめですよ。隠したって……」

「ちっ！　出所は伝八郎だな」

「さぁ、ねぇ……」

「あんちきしょう。なんてぇ口の軽い野郎なんだ」

唸り声をあげた途端、遠くで半鐘の鳴る音がした。

「おっ……」

ふたりは跳ね起きると雨戸の節穴に顔をおしつけた。

「田所町か……」

「ええ、その見当ですが……」

「火の手は見えんな」

「神谷さん……」

「うむ。まちがいない」

ふたりは刀をつかむと階段に向かって突進した。

ドドドドッと足音高く駆けおりると、庄右衛門たちの寝室に向かった。

「神谷さま……」

襖をあけて咲が飛びだしてきた。寝巻の上から綿入れ半纏《ばんてん》をかけている。

「おお、内蔵の前で待ってろ」

「は、はい」

廊下のむこうから庄右衛門と庄太郎がやってくるのが見えた。

ふたりとも寝ていなかったらしく、きちんと袷《あわせ》を着ていた。

「神谷さま。いよいよですかな」

庄右衛門はすこし緊張してはいるが、怯えたようすはなかった。

「さ、おとっつぁん。これを……」

庄太郎は綿入れを庄右衛門の肩に着せかけた。

「神谷さま。よろしくお願いします」

「案じるな。とにかく内蔵に入ってもらおう」

三人を内蔵にみちびいて外から二重扉に鍵をかけた。

店の大土間に行くと、脇戸をたたく音がした。

「だれだ！」

「へい。あっしですよ」

常吉の声だった。

覗き口から外を見ると、本所の常吉が襷《たすき》がけに捕り縄を手にしていた。

いそいで脇戸をあけてやると、するっとすべりこんできた。

「おまえ、なんだって……」

「へへへ、斧田の旦那に、おまえでもちったぁ役に立つだろうと尻をたたかれましてね。なに、こう見えても、あっしの捕り縄はちょいとしたもんなんで」

輪にした捕り縄を左の肩にかけてにやっとした。

十七

もう四つ半（午後十一時）すぎ、江戸市中は深い闇にどっぷりつつまれている。

本石町と金吹町の路地の闇を縫って風のように走り抜けていく十数人の一団があった。軒下の陰をよって巧みに走り抜けながら、足音ひとつ立てず、おそろしく足の速い一団である。

軒下に寝ていた野良犬が怯えたように吠えた瞬間、キラッと白刃が閃き、犬の首が宙に飛んだ。

一団はまたたくうちに本両替町にさしかかると、駿河屋の軒下にぴたっと蜘蛛《くも》のように張りついた。

「おい。あの半鐘はなんだ」

頭目は天水桶の陰に張りついて鮮やかな隈取りをほどこした顔をふりむけた。

「どっかで火が出たんでしょう」

「火の手が見えるか」

「いえ、ここからは……」

「気にいらんな。ばかに静かすぎると思わんか」

「なに、どいつもこいつも正月酒で眠りこけてやがるんでさ」

「なら、いいが……」

「お頭《かしら》、なにが気にいらねぇんで……」

「八丁堀だって正月ぐらいは家で女房とつるんでまさぁね」

「よし、スウミン」

頭目がかたわらのスウミンを目でしゃくりあげた。

待っていたようにスウミンが天水桶に足をかけるとパッと庇《ひさし》に飛びうつった。

スウミンは猫のような身軽さですするするっと屋根をつたうと、たちまち大屋根のむこうに姿を消した。

「いいか、一石橋の近くに肥舟《こえぶね》を二隻舫《もや》ってある。舟底は空だ。そこに金箱を運びこんで日本橋川を一気にくだって新大橋を抜け、一ツ目橋から江戸川に出る。わかったな」

「念にはおよばねぇ。段取りは頭んなかにきちっとたたっこんである。今夜のお頭《かしら》はどうかしてますぜ」

「なにぃ」

「ま、なんたって万両をこす大仕事だ。お頭の気が立つのも無理はねぇやな」

十八

平蔵は暗い台所の隅で天窓を凝《じ》っと見あげていた。

息を殺してしゃがみこんでいた常吉が、声をひそめてささやきかけた。

「旦那。思いすごしじゃねぇんですかい……どう見ても、あんな」

「しっ……」

ふいに天窓から一本の細引き縄がするするとおりてきたかと思う間もなく、天窓を猫のようにくぐり抜けた黒衣が縄をつたってツツーッとすべりおりてきた。

平蔵は躰を沈め、さっと縄の下に走った。

目の前におりたったスウミンが、平蔵を見てパッと宙を二間あまりも跳びあがった。間髪をいれずギラッと鈍く光る短剣が平蔵を襲った。平蔵の白刃が短剣を払い落とし、峰を返した刃で跳びあがったスウミンの足を薙《な》いだ。

どさっと土間に落ちたスウミンは転がりながら二本目の短剣を投げた。

平蔵は苦もなく短剣をたたき落とすと、スウミンの眉間に鋒《きっさき》を突きつけた。

「殺せ！」

スウミンがしぼりだすようにうめいた。

「女を斬る剣はもっておらん」

平蔵はスウミンの腰から脇差しを抜きとると、

「常吉。お縄にしろ」

「へいっ！」

常吉が跳びかかりざま、たちまちスウミンに捕り縄をかけ、縄を口にまわすと、高手小手に縛りあげた。

「さすがだな、親分」

「へへっ、からかっちゃいけませんや」

平蔵は大土間に向かうと、脇戸の陰にひそんでいた土橋精一郎を見て、無言でうなずいた。

精一郎が脇戸の落としをはずし、戸をあけはなった。

待ちかまえていた一団がなだれこんできたが、その目の前に立ち塞がっている神谷平蔵に気づいた。

平蔵は右手に井上真改を、左手に肥前忠吉の脇差しをもって、土間の中央に立って賊を迎えた。店頭の大土間はおよそ三十坪（約百平方メートル）、土間としては広いが剣をふるって闘うにはせまい。だが、多勢を相手にするにはせまいほうが有利だと平蔵は考えていた。

平蔵は右手の大刀は敵の威圧に使い、左手の脇差しを自在にふるい、方三尺から踏みだすことなく、流れるような太刀さばきで襲いかかってくる賊の鋒《きつさき》をかわした。多勢を相手にするときは敵の戦闘力を奪いさえすればいい。それが平蔵の戦略だった。

乱戦のときは敵の躰の弱点を狙うのが勝利の鉄則である。平蔵は、間合いに踏みこんでくる賊の咽笛と籠手《こて》、それに脇腹を薙《な》ぎはらった。

咽笛は鋒《きつさき》が一寸入れば裂ける。籠手を刃で斬れば戦闘力を奪える。脇腹を鋒で二寸斬りはらえば臓腑が破傷し、やがては死にいたる。

剣はふりおろすとき、もっとも破壊力を出すが、刃を返すとき膂力《りょりょく》がいる。横に薙ぎはらい、刃を返して薙ぎはらうほうが迅速の剣を遣うことができる。左手は右手よりも膂力が弱い。脇差しを遣うには横に薙ぎはらうほうが理にかなっていた。

賊の目はどうしても平蔵の右手の大刀を意識する。大刀に賊の目を引きつけておいて、左手の脇差しを存分にふるった。賊は血溜まりに足をとられて思うように動けない。方三尺のなかで戦うことが、逆に利点になっていた。

たちまち駿河屋の大土間は、手傷を負ってのたうちまわる賊の阿鼻叫喚《あびきょうかん》の修羅場となった。

精一郎は戸前に立って、右往左往する賊を鮮やかな太刀さばきで斬り捨てていた。

何人かが脇戸から外に飛びだしたが、店の前には御用提灯を掲げた捕り方が突き棒や刺又《さすまた》を手にひしめいていた。

「北町奉行所である！　神妙にせよ」

陣笠をかぶった与力が大音声で叱咤した。

「くそっ！」

血迷って捕り方に突っ込んでいった賊はたちまち梯子《はしご》や突き棒で押しつめられて捕縛されてしまった。

そのころ、大土間のなかでは、平蔵と、頭目の堀江玄次郎が対峙していた。

精一郎は刀を引いて、平蔵と玄次郎の対峙を見守っていた。常吉が捕り縄を手に固唾《かたず》を呑んでひかえていた。

「堀江玄次郎！　きさまだけは殺すわけにいかん。磔柱《たっちゅう》を抱いて地獄にいってもらおう」

「なにぃ……」

玄次郎がまなじりを裂いて突進してきた。頭上にふりかざした剛剣が唸りをあげて平蔵に襲いかかった。

転瞬、平蔵は腰を落とし、刃を一閃した。

玄次郎の刃が空を斬り、平蔵の刃が玄次郎の手首を斬り落とした。玄次郎の両手が刀の柄《つか》をにぎったまま土間に落ちた。

「ぎゃっ！」

たたらを踏んで帳場に激突した玄次郎の躰が土間に転がった。

手首を失って土間をのたうちまわる玄次郎に、捕り縄を手にした常吉が飛びかかっていった。

平蔵は残心の構えから、ゆっくりと刃を引くと、玄次郎には目もくれず、ふところから鹿のなめし皮をだして刃を拭った。

「神谷さん……いまの太刀筋を見たのは初めてですよ。それが霞の太刀ですか」

「いや、これを霞の太刀などといったら佐治先生に叱られる。ま、雨垂れ斬りとでも言っておくか」

須磨はいつものように貯木池の朝まわりをすませ、湯殿にいたとき、常から駿河屋を襲った一党が店内で待ち伏せていた神谷平蔵の刃にかかって手傷を負い、ことごとく奉行所の捕り方に捕縛されたという知らせをうけた。玄次郎も、スウミンという清国の女も捕縛されたという。

常は泣いていたが、須磨は涙ひとつうかべなかった。

湯船から出た須磨は洗い場に片膝を折り敷いて糠袋《ぬかぶくろ》を使いはじめた。

脂《あぶら》ののった須磨の肌は湯粒をはじいた。湯で温められた肌はほんのりと色づき、隠し彫りの紅薔薇《べにばら》が鮮やかにうかびあがっていた。

須磨は慈しむように薔薇の花弁にてのひらをあてた。

「ペドロ……」

つぶやきが須磨の唇からもれた。双眸は霞がかかっていた。

湯殿の戸があいて、善助が匕首《あいくち》を手に、よろめきながら踏みこんできた。

「す……すま」

ふりむいた須磨はゆっくりと腰をあげ、ほほえみかけた。

善助はふらふらっと須磨のほうに歩みよった。

須磨は腕をのばして善助をかきいだいた。匕首の鋒《きつさき》が須磨の腹にずぶりと吸いこまれた。薔薇の花芯を匕首が深ぶかと貫いた。噴きだした鮮血が薔薇の赤い花弁を染め、かがやくように白い太腿をつたって流れ落ちた。

須磨はほほえみながら善助の足元に崩れ落ちた。

「す……すま」

つぶやいた善助の双眸に涙があふれ、がくりと膝を落とすと須磨の躰に覆いかぶさっていった。善助は静かに瞼をとじ、やがて穏やかな死が善助に訪れた。

捕縛された玄次郎が稲葉掃部助《かもんのすけ》の非曲をあらいざらい暴露したことを聞いた掃部助は公儀の糾明を待たずに切腹し、稲葉家は断絶した。

死人に口なしとはいえ、幕閣の中枢を巻きこんだ大がかりな贈収賄事件である。平蔵はもとより、紀州屋の番頭や女中の常も参考人として連日のように奉行所に出頭し、吟味をうけた。

十九

その日も、平蔵が北町奉行所に呼びだされ、吟味与力から事件についての口書きを取られて新石町にもどってみると、家に桑山佐十郎と文乃が来て待っていた。

佐十郎は上がり框《かまち》に腰をかけ、文乃は台所で湯を沸かしていた。

「お、これは……」

「や、や、留守中、勝手に入りこんですまん」

佐十郎は破顔して平蔵を見迎えたが、なにやら重い屈託をかかえた表情だ。

「急に話しておかねばならんことができての」

「……ん？」

「ま、ま、ここではなんだ。あげてもらうぞ」

「あ、ああ……」

佐十郎についで平蔵も茶の間にあがった。

「また国元で、なにか、あったのか……」

「ん？　うん。いや、きさまが考えておるような藩のもめごとではない」

佐十郎は口をもごもごさせて、ちらと台所の文乃のほうを目でしゃくった。

「実はの、文乃の兄の静馬が病いで急死したのだ」

「なに……まこと、か」

おどろいて台所の文乃を見た。

茶をいれかけていた文乃が、手をとめて平蔵を見つめ、ゆっくりとうなずいた。

「そりゃ、また……」

「今朝、飛脚が知らせを届けてきた」

佐十郎はふところから巻紙の文をとりだした。

「静馬は、まだ若い。まだ死ぬには早すぎる」

「ふうむ……」

「しかも、だ。まだ静馬は跡を継ぐべき子をつくっておらなんだのだ」

「そりゃ、ことだな。子がないとなると波多野家はどうなるんだ。まさか……」

「そこだ。神谷……そこが難問での。たとえ十五石とはいえ、静馬はなんの落ち度もなく勤めてきた。むざと波多野家をつぶすわけにはいかん」

「それはそうだ。だいたい、まだ母御がおられよう。きさまが骨を折ってなんとかしてやってくれ」

「むろんだ。いそぎ跡目を継ぐべき者を立てねばならん」

「跡目……」

「そうだ。親類があつまって相談したあげく、波多野の血を継ぐべき者は文乃しかないと衆議一決し、国家老の了承もえたということだ」

「文乃、が……」

平蔵、呆然とした。

「おい。佐十郎……文乃は、おれと……」

「わかっておる。みなまで言うな。だから、こうして飛んできたのではないか」

佐十郎はせかせかと手ぬぐいを出して額の汗をぬぐった。

「どうだ。神谷……きさま、このさい思いきって波多野の婿《むこ》にならんか」

「なに……」

「な、そうせい。きさまが文乃の婿になって波多野家を継いでくれたら、おれが殿に言上して加増してもらってやる。十五石じゃ、八丁堀同心並だ。神谷なら百石は保証するが、どうだ」

「それはなりませぬ」

文乃が声をかけながら茶の間にあがってきた。

「たとえ五百石、千石でも、平蔵さまにお城勤めのご奉公など、させるわけにはまいりませぬ」

きちんと正座すると、文乃は深ぶかとした眼ざしを平蔵にそそいだ。

「わたくしの心はすでにきまっております。わが家の都合で平蔵さまを縛るようなことはできませぬ。また、してほしくありません」

しみいるような眼ざしだった。

「わたくしが、ここで過ごしたのはわずかな日々でしたが、わたくしは十年も二十年も平蔵さまとごいっしょに過ごしたような気がいたします」

「文乃……」

「これでよろしいのですよ、平蔵さま。これで……」

文乃はすこしの曇りもない目でほほえみかけた。

「いずれ、わたくしは母とともに過ごすつもりでおりました。兄が亡くなれば、わたくしが波多野の家にもどるしかありませぬ」

「………」

「桑山さま。どうか、そうさせてくださいませ」

「う、うむ。……しかし、いいのか神谷。それで」

たとえ十五石とはいえ、武家は武家である。家名を絶やすことは許されない。

それが武家に生まれた者の宿命であった。

平蔵は無言で文乃を見た。文乃も、また黙ったまま、うなずいた。


平蔵は門口にたたずんで、桑山佐十郎と文乃を見送った。

いつの間にか隣の源助とおよしがでてきて、平蔵のうしろにたたずんだ。いきさつを聞いていたらしく、およしの目がうるんでいる。

角をまがるとき、文乃が足をとめてふりかえった。

平蔵がうなずくと、文乃は腰をかがめて笑みを返した。

「いいんですか、せんせい……。とめるならいまのうちですぜ」

源助がたまりかねたように声をかけてきた。

「バカだよう、せんせいは……」

ふいに、およしが産み月の腹をかかえて、しゃくりあげた。

「いつだって、泣きを見るのは……女なんだ」

文乃の姿が消えても、平蔵は身じろぎもしなかった。

寂寥《せきりょう》が音もなく足元から這いのぼってきた。


平蔵は濡れ縁に腰をおろし、竹垣の隅に文乃が植えていった椿をぼんやり眺めていた。三尺そこそこの若い椿だが、蕾《つぼみ》をいくつかつけていた。

まだ春は遠いが、蕾はすこしふくらみかけている。

「花を咲かせて、落ちて、散る……か」

文乃はまだ咲きかけたばかりの花ではないかと思った。


（ぶらり平蔵　椿の女　了）

参考文献

『江戸バレ句　戀の色直し』　渡辺信一郎著　集英社新書
『江戸あきない図譜』　高橋幹夫著　青蛙房
『江戸厠百姿』　花咲一男著　三樹書房
『江戸時代の歌舞伎役者』　田口章子著　雄山閣出版
『江戸生活事典』　三田村鳶魚著・稲垣史生編　青蛙房
『江戸っ子は何を食べていたか』　大久保洋子監修　青春出版社
『江戸の見世物』　川添裕著　岩波新書
『鍼灸の世界』　呉澤森著　集英社新書
『大江戸おもしろ役人役職読本』　新人物往来社・別冊歴史読本
『刀剣』　小笠原信夫著　保育社カラーブックス
『大江戸八百八町』　石川英輔監修　実業之日本社
『江戸艶本を読む』　林美一著　新潮文庫
『江戸枕絵の謎』　林美一著　河出文庫
『江戸の枕絵師』　林美一著　河出文庫
『日本の家紋』　辻合喜代太郎著　保育社カラーブックス
『続　日本の家紋』　辻合喜代太郎著　保育社カラーブックス
『御江戸絵図』　須原屋茂兵衛蔵板

コスミック・時代文庫

ぶらり平蔵《へいぞう》
決定版⑤椿の女

2022年4月25日　初版発行
2023年9月13日　2刷発行

【著者】
吉岡道夫《よしおかみちお》

【発行者】
佐藤広野

【発行】
株式会社コスミック出版
〒154-0002 東京都世田谷区下馬 6-15-4
代表　TEL.03(5432)7081
営業　TEL.03(5432)7084
　　　FAX.03(5432)7088
編集　TEL.03(5432)7086
　　　FAX.03(5432)7090

【ホームページ】
https://www.cosmicpub.com/

【振替口座】
00110-8-611382

【印刷／製本】
中央精版印刷株式会社

乱丁・落丁本は、小社へ直接お送り下さい。郵送料小社負担にて
お取り替え致します。定価はカバーに表示してあります。

ISBN978-4-7747-6371-2 C0193